カツヤマサヒコ
SHOW

酔談3

カツヤマサヒコSHOW 酔談3

[編集長] 勝谷誠彦
[アシスタント] 榎木麻衣(サンテレビ)

目次

〈第一章〉報道カメラマン 宮嶋茂樹 005
勝谷さんとの出会いはマニラのバー。文藝春秋の名刺を出されて、絶対詐欺師だと思った。

〈第二章〉小説家 小川洋子 049
人々が歩いていった足跡から、物語を生みだしていくのが作家だと思います。

〈第三章〉フードコラムニスト 門上武司 081
日本では食は風俗なんです。「食は文化だ」と認められていないのはおかしい。

〈第四章〉神戸大学名誉教授　尼川タイサク　111
合議制で物事を決めるミツバチは、高度なコミュニケーション能力を持っています。

〈第五章〉実業家　堀江貴文　141
メッセージを伝えるためには、自分のことを好きになってもらうことが必要だと気付きました。

〈第六章〉嘉悦大学バレーボール部監督　ヨーコゼッターランド　179
スポーツは人生の一部です。年をとっても自分の体と対話しながらやることに価値がある。

〈第七章〉近畿大学理事・名誉教授　熊井英水　207
フリーライター　林宏樹
クロマグロの完全養殖は、資源を減らさずに持続的に魚を供給することができます。

第一章

宮嶋 茂樹

Shigeki Miyajima

勝谷さんとの出会いはマニラのバー。
文藝春秋の名刺を出されて、絶対詐欺師だと思った。

Profile

報道カメラマン。1961年兵庫県生まれ。日本大学藝術学部写真学科を卒業後、講談社フライデー編集部専属カメラマンとなる。1987年以降、フリーランスの報道カメラマンとして活動。2010年第4回日藝賞受賞。著書「再起」(ベストセラーズ)、「不肖・宮嶋のビビリアンナイト」(祥伝社)他多数

マニラのバーで二人は出会った

勝谷　今日は私の戦友を迎えました。仕事仲間なんかで「あいつは戦友だ」と言うけど、ぼくらは命がけで本当に戦場に行きました。我が戦友の写真家、不肖・宮嶋茂樹です。

榎木　すごいなー。こんばんは。

勝谷　なあ宮嶋、わしらもようやくここまで来たのう。

宮嶋　そやね。

勝谷　サンテレビ出るのが夢だった。

宮嶋　そう、思い出します。小学校4年の時、初めて家にカラーテレビが来て、これでやっとサンテレビが見れる、こういうテレビに出られるような男になりたいと思ったもんです。

勝谷　深夜のエロい番組を親にわからんようにつけてな。

宮嶋　見とったんすか?

勝谷　もちろん見てたよ。

勝谷　彼は明石、俺は尼崎。阪神間の真ん中の上等な場所をスコッと抜いたら、両方残る。

どっちが品が無いかっていう話を昔からよくしてた。

宮嶋　まぁ姫路でしょうね。言葉からして。

勝谷　言葉がな。ぼくのは、阪神間の方々の関西弁とちょっと違う関西弁だから。

榎木　なんか違いますね。

勝谷　特に海外だと二人とも煮詰まってきて、もう広島弁だか関西弁だかわからないような言葉で、「じゃのう」とか言っててね。

宮嶋　そうでしたかね。

勝谷　あのボケがカスが言うてね。

宮嶋　それは関西弁ではないでしょう?

勝谷　外国の人がわからないのをいいことに。

榎木　まあ最初から止まりませんけど、とりあえず飲み物を頼みましょうか。

宮嶋　じゃあスコッチをください。

勝谷　なんで?　いつもウォッカやん。

宮嶋　ウォッカはね、好みがあるんですよ。

勝谷　あっ、バーテンダーさんの顔がピクッとした。好みのが無いと?

宮嶋　そういうわけじゃないんですけど、私がいつも飲んでるものが無い。
勝谷　この人はいつもウォッカなんですよ。酒もロシア、女もロシア。
宮嶋　ロシアだけじゃないですよ。
勝谷　イスラエルとかもな。
宮嶋　私の目当ての女性はロシア人だけじゃありません、日本の女性もそりゃあ……。私は人を肌の色とか眼の色で区別したり、女性を差別したことはありませんので。
勝谷　おっ、お酒来たよ。これは何ですか?
バーテンダー　バランタインの17年です。
宮嶋　ありがとうございます。
勝谷　また上等なものを。でも、乾杯は久しぶりやね。彼とは世界中でこうやって飲んできてる。
榎木　二人独特の空気があります。
勝谷　戦場から抜けてきた時の酒は、ほっとするよな。
宮嶋　そうですね。ありましたね。
勝谷　湾岸戦争の時、しかもアラブは酒飲まへん。

榎木　飲まない？　飲めない？

宮嶋　あの国では飲まないんです。

勝谷　で、そういうとこから抜けて、イスラエルに行った時に。

宮嶋　行きましたね。

勝谷　テルアビブを出た時に、今思えば大したことなくて、ちょっとしたステーキとワインだけど、人間の国に来たなぁという感じがしたね。

宮嶋　チムニーという名前でしたね。

勝谷　よく覚えてるね。そこでイスラエルのモデルに引っかかってな。

宮嶋　いや、それはいいんですけど。

榎木　各地でそうやって女性と出会っていくことが目的ですか？

勝谷　目的じゃない。『ゴルゴ13』みたいなもんです。な、結果として。

宮嶋　私もね、もう50過ぎてるんですから。昔の話されても、ちょっと……。

勝谷　今のは遠回しな自慢やろ？

宮嶋　いやいや。

勝谷　榎木なんかどうですか？

宮嶋 素敵な方です。

榎木 すごく目をそらされた感じなんですけど。今は奥さんは？

宮嶋 同居人はいます。

榎木 同居人？

勝谷 素晴らしく美しい、外国人の女性。

榎木 奥さん外国の人ですか？

宮嶋 同居人がね、たまたま。

勝谷 そこはもう深入りはしないように。

宮嶋 いや、いいですよ。人のプライバシー散々暴いてますんで、自分のプライバシーくらい。

勝谷 今ね、すごい火花散ってて、お前のことも言うぞって目が訴えてる。

榎木 編集長の昔のこと、聞きたいですねー。

勝谷 宮嶋と出会ったのはまだ20代の頃か。

宮嶋 24、25ですね。１９８６年ぐらいです。

榎木 うわー、長い付き合いですね。

勝谷 もっと言うとね、後にわかったんだけど彼は高砂の白陵高校、ぼくは神戸の灘高校。東大進学者数が兵庫県で1位と2位や。

宮嶋 今はね。あの当時はちょっと違いましたけど。

勝谷 ほんでね、会ったのがマニラや。

宮嶋 そうそう。こうやって酒飲んでたんですよね。

勝谷 デルピラール通りの「ブルーハワイ」っていうバーや。おねえちゃんが水着で踊ってるとこ。フィリピン革命の後、ごたごたクーデターとかがしょっちゅうあった頃。携帯電話なんか無くて、ファックスがかろうじて使えたような時代で、行ったら行きっぱなしや。で、文藝春秋から金引っ張って、向こうで帰れないフリをしてずっと遊んどったわけや。客引きのバイトとかして。「ブルーハワイ」のカウンターにいたら日本人が入ってきて、隣に座ったんやな。名刺出してカメラマンや言うから、嘘やろって思ってた。

宮嶋 勝谷さん、かなり太ってて。

勝谷 そう、俺80キロあったかな。

宮嶋 そうですね。髪型は七三に分けてて、メガネの形も、どっちかっていうと女買いみたいなね。

勝谷　やってることも女衒《ぜげん》みたいやったから。こいつはね『フライデー』を辞めたあとでフリーランスで一発狙って来とったんや。互いに名乗って、嘘やろこいつ絶対詐欺師やろって思ってた。

榎木　お互いに怪しんでるじゃないですか。

勝谷　信じられないことに俺、文藝春秋の正社員でしたから。しかもグラビア班にいた。そのあと編集部に彼が来て、ほんまに俺がおると。この詐欺師、なんでここに上手いこと入り込んだんかなと。しかも社員でびっくりしたやろ？

宮嶋　2度びっくり。本当は出入りの業者かなと。

榎木　その時もまだ怪しんでたんですか？

宮嶋　そう。話を聞くと、どうやら正社員らしいと。

勝谷　そこでグラビアで一緒に。それまではね、『フライデー』『フラッシュ』『フォーカス』『エンマ』『タッチ』。

宮嶋　写真週刊誌の「3FET」ですね。

勝谷　今だったら、デジタルでビデオ回してたら何か撮れてる。でも、あの頃はほんとに感度の低いフィルムで一発狙い。

榎木　狙って狙って。

勝谷　しかもシャッター押せればカメラマン、みたいな人たちもいっぱいいて、その時代、彼は『フライデー』でぼくは『エンマ』、お互いライバルを叩き合ってた。それがバブル崩壊と同時にその世界が無くなってしまった。みんな食うのにちょっと困ってたような頃に出会った。

榎木　運命的な出会いをしてるわけですね。

裸電球の下で小僧寿し

勝谷　そもそも何で写真家になろうと思ったん？

宮嶋　ぼくは子どもの頃から写真を撮ってました。鉄道写真ですね。

勝谷　写真家って、天文から入るか、鉄ちゃんから入るか、2種類やな。

宮嶋　ぼくらの時はその2種類で、もうちょっと後になるとスーパーカー。

勝谷　あーそうやな。

宮嶋　その後になるとアイドル系が出たりするんですけど。

勝谷　パンチラ系から入ってるのもいた。いやそれで、鉄ちゃんで、死にかけてまで鉄道写真撮ってたんよ。

宮嶋　実際に死ぬんですよ。

榎木　死ぬ方いるんですか！

宮嶋　京阪１００年号事故ってたしか、小学生が線路に近付きすぎてはねられて亡くなったことがあったんですよ。私もその頃から行っていて、写真って命がけやなと思ってました。

勝谷　どこのトンネルやったっけ？

宮嶋　ぼくが死にかけたのは生野のトンネルです。

勝谷　トンネルの中を歩いてたら、ほんまに列車が来てしまって。良い子は真似しないでくださいよ。

榎木　絶対できないですね。

宮嶋　長さ３９０メートルのトンネルで、抜けてから「あー怖かったなー」って言ってたら、また別のトンネルがあるんですよ。それが３６０メートル。「さっきより30メートル短いからもう1回行ったれ」って言ったら、一人の友人が必死に止めるんですよ、「危ないからやめてくれ」「根性なし」とか互いをののしり合って。で、入ってね、4分の1くらい行ったところで音がしてくるんですよ。

榎木　イヤだー。

宮嶋　シャカシャカシャカシャカってね、だんだん大きくなってきて。

榎木　映画とかでよくある。

宮嶋　トンネルの中って逃げ道が無いじゃないですか。足元悪いし真っ暗やし見えへんし、間に合わんってなって。それで下に隠れようとするでしょ。でもトンネル内は枕木が高くて下に隠れられないんですよ。

榎木　怖い怖い〜。

宮嶋　冬やから車両の前に排雪板みたいなんが付いてるんですよね。あかんわこれって。

榎木　そうですよ。

宮嶋　入口ふさいで一瞬真っ暗になるんですよね。そんで警笛がピーって鳴って、後の2人の顔がひきつってるんですけど、あかんわもうってなった時に、そのやめとこうって言ってた友人が、保線員が入る退避壕みたいなんを見つけて。

勝谷　良かったね、たまたま。

宮嶋　「こっちゃ！」って言って、３人同時にそこに飛び込んだ直後にガーっと行って。

勝谷　それ中学生ぐらい？

宮嶋　高校２年の時ですね。

勝谷　高２にもなってお前何やってんねん。

榎木　小学生とかのイメージでしたね。

宮嶋　そうですね。その後冷静になって、これ運転士に見つかっとるぞと。鉄道の往来を妨害したらえらい賠償金取られるやないですか。自殺した人にまで来るっていうくらいですから。うちらの親破産してしまうって、慌てて生野の川に飛び込んで逃げたんですね。真冬に服脱いで。いやー怖い思いしたわって。そしたら翌週、山で作業していた人が３人そこで亡くなってるんですよ。その時の新聞記事は今でも持ってますもん。

勝谷　その人らは撮ろうと思ってたんやなくて、多分便利やから通ったんやろな。ということで高校時代からそうやって命がけできた。君はそういうＤＮＡなんだな。

宮嶋　いや、望むと望まざるとに関わらずなんでしょうね。なんかそういう災難が降りかかってきて。

勝谷　その後、日本大学の芸術学部で写真を勉強して、そこで前の奥様とも出会った。

宮嶋 そういうことですね。

勝谷 その後逃げられて。

榎木 その話、もう少し詳しく聞きたいのでもう一杯……。

宮嶋 じゃあ私はまたスコッチ、シングルモルトください。

榎木 宮嶋さんについて、数々の噂を聞きましたけれども。

宮嶋 ろくでもない噂でしょ。

榎木 小僧寿し、というフレーズで何かあるんですよね。前の奥様とは。

宮嶋 そうですね、恋愛結婚だったんですけどね、私も悪かったんですけど泣かされました。みっともないから黙ってたんですよ、離婚したこと。しかもほら、一方的に逃げられましたんでね。

勝谷 電灯の傘まで持って逃げたもんな。

宮嶋 便座カバーもね。

勝谷 帰ってきたら何も無かったんや。

榎木 家に帰ったら奥様がいなかったんですか?

宮嶋 その前にちょっとひどいことしたんで。

勝谷　俺は黙っとく。彼の名誉のために。

宮嶋　ちょっとまずいなーと思いながら帰ったら……。

勝谷　フィリピンもちょっと絡んでて、俺もちょっと悪いねん。フィリピンで一緒に遊んどったから。

榎木　帰ったら奥様がいなかった。

宮嶋　でも、親には黙ってたんですよね。

勝谷　黙ってたん？

宮嶋　黙ってたんですけど、ある人がそれはあかんぞと。次に新しいのできてからまた知らせたらいいやん、ぐらいに思ってたんですけど。かなり時間もかかりそうやったんで、黙っとったらあかん、仲人にも挨拶に行かなあかんと。

勝谷　そらそうや。

宮嶋　とうとう言ったんですよ。いや実は……と母親に言ったら、「わかっとったわ」って。早速仲人に詫び入れなあかんということで、二人揃って上京して来たんですよ。そしたら、家の中に何も無いわけじゃないですか。ぼくが仕事から帰ってきたらね、父と母が電灯の傘もない裸電球の下で、小僧寿司食うとるんですよ。いやこれは親不孝したなと思ってね。

勝谷　すごい話が小さくなってる。もっと世界を股にかけた話をしようと思ったのに。なんでこんなしみじみした話……、聞いたん初めてや。

榎木　ネットで検索かけたら、小僧寿司って出てくるんでどういうことだろうと思ってました。そういうことなんですね。

勝谷　榎木の人柄だよ。宮嶋がこんなしみじみした話をするのは。いつもはもっとぶっきらぼう。

宮嶋　質素な男やったんですよ、うちの父親も。どうせやったら寿司屋から出前とったらええもんをね、わざわざ安い寿司買って。小僧寿司に罪はないですけど。

北朝鮮極秘潜入

勝谷　まあだけど、彼とこうやって一緒に動くようになって、国内の張り込みもやったけど、やっぱり海外が多かったな。一番印象的やったのが湾岸戦争。日本はどういう立場だったかというと、金は出したけど兵隊は出さない。

宮嶋　今では考えられないけど、あの当時はそうでしたね。

勝谷　社会党が牛歩とかやってな。

宮嶋　それＰＫＯですね。

勝谷　そや、もうちょっとあとや。湾岸戦争の時は金は出したけど、クウェートがお礼の報告出しても、日本の名前が抜け落ちてるぐらいの時で、日本人自身が戦争の所在を知らない時代だった。でぼくらも行ったわけだ。

宮嶋　ベトナム戦争以降空白期間があって、私らも知らなかったんで。

勝谷　どうやって戦場取材をしたらいいかもわからないんだけど、米軍の広報に言って入れてもらわないとクウェートの戦場どころかサウジアラビアにも行けないわけだ。それで、その周囲をウロウロしたんだ。イスラム教徒でないとサウジアラビアって入れないんだよ。

宮嶋　あの当時はね。

勝谷　巡礼という名目で、ぼくと彼はイスラム教に改宗しようとまでしたんですよ。

宮嶋　カイロでね。エジプトには宗教省っていう省庁があるんですけど、そこが実施する試験を受けてくれって。

榎木　試験？

宮嶋　それを受けたらイスラム教徒と認めて、巡礼のビザも出せるように計らおうやないかと。今更勉強しても、受かるわけがない。
榎木　そうですね。
宮嶋　まあ1、2年もらえるならできるかもしれないですけど。何語でって聞いたらアラビア語って。
榎木　はるかに厳しいですね。
勝谷　当時はイラクには、ヨルダンの国境から入れた。
宮嶋　今で言う密入国をやろうとした。
勝谷　国境までは行った。まあバッタもんのカメラマンに騙されて。ここからやったら行けるよって言われて。でも、行ったら死んでたね。
宮嶋　陸路はダメでしたね。
勝谷　次は海路で行こうと、バーレーンから漁船雇って突入しようと思った。機雷に触れたらさようなら……なので、さすがに東京からやめろって言われた。今思えばぼくらも若かったから、何でもやってみたろうと思ってたんだけど、よく生きてるよね。
宮嶋　まあ実際、やらなかったからね。

榎木　お二人ともそんな危ない所によく行こうと思われましたね。

勝谷　相乗作用で、明石のヤンキーと尼崎のヤンキーがチキンレースで、こいつがここまで言うんやったら俺はここまで言うたろうみたいな。

宮嶋　ぼく、割と冷静でしたよ。

勝谷　こいつフリーランスで、ぼくは文藝春秋の正社員。やってることがおかしいよね。

宮嶋　この取材がきっかけで吹っ切れましたね。

勝谷　そういう取材って待ってることのほうが多いんですよ。書類を出して、その反応を待っている間にずっと悪いことしてたんですよ。会社の金で美味しいもの食べて、お姉ちゃんとこ行って。こいつは当時のお姉ちゃんにあげようと思って、カイロのタハリール市場でダイヤモンド買って。これは安いって買ったのが、まんまと偽物でね。お母さんにあげたんやな。

宮嶋　母にあげたのはイスラエルで買ったほう。イスラエルはご存知のようにユダヤ人の国で、ダイヤの本場ですから。そこの有名なブランドの石だけ買って帰ったんですよ。そっちは本物。

勝谷　何やってんのお前。

宮嶋　そういう利殖がしたかったんですよね。フリーランスでしたから。おいしい話があるとすぐにパクっといっちゃって、素人ですから結局騙される。それの繰り返しで未だに懲りないんでしょうね。

勝谷　その後、ぼくは文春をクビになって、彼は今でも文春と仕事している。そういえば、張成沢《チャン・ソンテク》殺されたね。

宮嶋　あ、そうですね。

勝谷　北朝鮮のチャン・ソンテクね。

宮嶋　私もだいぶ追いかけました。

勝谷　彼がすごいのはね、チャン・ソンテクが北朝鮮の中で重要人物であるとまだ日本人が誰も知らない時に、情報を得るんですよ。それでチャン・ソンテクが成田に来た時に撮ったんですよ。これは大スクープなのに文藝春秋は載せてない。

宮嶋　まあページの都合もあるんでしょうけど。あの時はそういう名前じゃなかったんですよ。偽造パスポートで。

勝谷　なんでチャン・ソンテクがそんなＶＩＰだってわかったん？

宮嶋　とある人から情報があって、しかも全員撮ってくれって言われてたんですよ。なんでやろと思って成田空港行ったら、明らかにそれとわかるようなバッジをつけた一団がゲートから出てくるわけですよね。そしたら在日の人かな、女の子が花束持ってるんすよ。花束あげる相手がＶＩＰで、それぱっかし撮っとったんです。全員撮ってくれって言われた頭があったんで、それ以外の人間も一通りパンパンパンパンと撮ったんですよ。結局50〜60カット撮ったんですかね。そしたら花束もらったやつじゃなくて、一番最後のカットがチャン・ソンテクやったんですよ。

勝谷　世界の情報機関や工作機関が、喉から手が出るほど欲しがる写真。張成沢《チョウナルサワ》って何を言ってるのかと思ったら、チャン・ソンテクだったの。

宮嶋　日本側でもそれを知ってるやつがいて、「誰から聞いたんじゃ」って取材妨害されるわけですわ。そんなこと言えるわけないでしょ。現場にカメラマン二人がかりで、一人はそのままどこかへ連れて行かれて撮れなかったんですよ。私は唯一撮れて振り切って逃げたんですけど、まあそれぐらい貴重でした。それからいろんなメディアに出るようになるまでの10年間ぐらい、私が撮ったのが唯一の写真。

勝谷　こないだ出た『ＳＰＡ！』のぼくの巻頭コラムでその写真を使わせてもらって。

宮嶋　その後も、金正日がハバロフスクとかロシアを訪問した時があったんですけど、その時も彼が来てたんですよ。あの時のやつや！って、2カットくらい撮ったかな。

勝谷　その時、チョウナルサワがそんなに大した人間だとは思ってなかった。そのハバロフスクに行った時の写真がすごくて、金正日のハゲた頭とか撮ってた。あれスナイパーだったら撃ててる。

榎木　うわっ。

勝谷　最も北朝鮮に恐れられたカメラマンだと思うんだけども。その北朝鮮に私と彼は極秘で行ってるんですよ。

宮嶋　文藝春秋時代ですね。

勝谷　マスコミは当然入れないんですよ。ぼくは実家に住民票を移して、勝谷医院の事務局長ってことになってるんです。

宮嶋　私は貿易会社の宣伝部長。

勝谷　帰れないかも知れないと思いつつ、二人で行った。

宮嶋　行きましたね。

勝谷　ホテルでお互い隣の部屋なんだけども、どうも壁が厚い。廊下に出て1、2、3、4って部屋の歩数を数えてみると全然合わない。つまり間に部屋があって、ラブホみたいな鏡があるんですよ。おかしいな、そこから撮ってるんだろうなってことで、筆談ですよ。だけどやばかったな。海老の輸入したいとか言われて。

宮嶋　御社はトンどれくらいで取引されてるんですかと値段聞かれて。

勝谷　夜、真っ暗な道で聞かれたね。要するにぼくら数人のグループに、カメラマン、課長さんって公安、それからガイド、３人付いた。カメラマンはずっとビデオ回してた。ぼくらの行動を撮ってて、変なことがあったら、翌日「あなた昨日おかしかったですね」って言う。撮ったやつを最後にパッケージにして売りつけてくる。

宮嶋　そうそう。

勝谷　その課長さんっていうのが公安。公安は向こうの情報機関で、ずっとぼくらに付いてて、日本語をしゃべる。夜になったらカラオケ行きましょうって平壌の真っ暗なとこ行ったら。

宮嶋　こんなところにあるんかって場所。

勝谷　地下みたいなとこに入って、そしたら在日の人が綺麗な日本語で歌ってて、綺麗なお姉ちゃんもいて、そこで課長さんが、裏できっとビジネスしてるんだよ。

宮嶋　「私とちょっと貿易やりませんか？」ってね。

榎木　怖いじゃないですかそれ。
勝谷　ドキドキだよ。
宮嶋　トン当たり２８００ドルくらいですかね、とか適当にごまかした。
勝谷　行く前に向こうのことをすごい勉強して行ったわけですよ。バスの中なんかでも、「アメリカ帝国主義はなんとかかんとか」って言うわけですよ。「米帝は許し難いです。共和国の偉大なる首領様のために我々は」とか言うんですよ。
宮嶋　「私は騙されてました」とか言うんですよ、白々しく。
勝谷　「イルボン（日本帝国主義）の支配下で……、しかし将軍様の偉大な指導のもとに」、とか言うと評価されちゃってさ。
榎木　逆に。
勝谷　逆に。でね、最後に宴会があって。
宮嶋　こっそり。
勝谷　トイレに行ったら隣にその課長さんが来て、「カツヤサン、コンバンヒトリデホテルノヘヤイテクダサイ、ダイジナコトアリマス」って言うのよ。宮嶋にそれ言ったら、「ぼく関係無いから。何の話ですか？　ぼくはあなたと一緒に来てません。フィルム渡してください」って。フィルムを渡すわけよ。俺が捕まっても彼が持って帰れるだろうと思って。ぼくは多分、紅粉船長のように捕まって、あとのこと頼むよ、みたいな話をしたわけや。そしたら夜中にコンコンと来て、課長さん震えてるんですよ。

榎木　え？

勝谷　今だったらもっと怖いよ、チャン・ソンテクみたいに機関銃で殺されると思うやん。そしたら後にスーツ着た偉い人が二人いて、「今からあなたの表彰をします」と。

榎木　あれ？　予想とだいぶちがう。

勝谷　金日成バッチもらっちゃった。「あなたは私たちの友達です」「日本に行っても時々連絡していいですか？」いいですよって。

榎木　めちゃくちゃ認められてしまったわけですね。

勝谷　あの課長さんの運命がその後どうなったか気になる。

榎木　そうですよ。

宮嶋　結局、写真全部発表しましたからね。

勝谷　日本に帰ってギャグにして書いてたからね。しかも真剣に書いたわけじゃなくて、『マルコポーロ』でお笑い北朝鮮みたいに書いたわけよ。

宮嶋　私の写真入りで。

勝谷　有名な金日成の銅像あるじゃない。あの前で同じポーズで写真撮ったんよ。こいつがビビって、早よしてって。

宮嶋　そらそうでしょ。

勝谷　同じことやったアメリカ人が逮捕されたもんな。

宮嶋　あのあと、テリー伊藤さんがやったんですよ。で、その後できなくなった。

榎木　わー、その記事見た課長さんの気持ち考えたら。

勝谷　いろいろやったなあ。

宮嶋　まあでもええんちゃいます？

勝谷　その一言で済ます気か。

宮嶋　別にいいじゃないですか。それが運命ってもんでしょ。

不肖・宮嶋の広報効果はイージス艦一艦分

勝谷　マティーニください。
榎木　宮嶋さんは？
宮嶋　同じのを。
勝谷　同じってこれ？　ウォッカもらったら？
宮嶋　じゃあウォッカください。ストレートで。チェイサー炭酸でください。
勝谷　だそうです。かっこいいやろ？
榎木　かっこいい。
勝谷　間違った女がコロコロっといくねやん。
宮嶋　泣かされたことが圧倒的に多いですよ。それとね、女性からお金を借りたりとかしてません。暴力も振るってません。
勝谷　聞いてないけど。めちゃくちゃかっこええねん。ごっつええ車乗ってて。ぼくと一緒に仕事してた時はベンツのＡＭＧ。しかも金色。しかも東京で乗ってるくせに神戸ナンバーのままなんですよ。

榎木　目立つなー。

勝谷　首都高で金色のベンツがスモークガラスで後ろから来たら全部どく。

宮嶋　あの当時は、都内では張り込みしやすかったですね。押しが強くて。

榎木　目立つじゃないですか。

宮嶋　目立つけど、110番されないんですよ。

勝谷　怖いから、そっちの方々かなと。

宮嶋　今だと逆に職務質問されると思いますけどね。

榎木　そうですよ。

宮嶋　大阪出身の某プロ野球選手が関西の暴力団とトラブルがあった時の張り込みに行ったんですよ、その時は間違われてしまって。

勝谷　職務質問？

宮嶋　捜査車両に両側挟まれて、「降りろ」って。「駐車違反で逮捕する」っていきなり言われた。ぼく乗ってますやんって。助手席とか後部座席にカメラがごっそりあったんで、「お前何しとんや」って言われて、「取材ですがな」と。「何でベンツで来てんねや」って言われて、「自由でしょうが」って。車検証見せたら、自分名義の車だし、逮捕する法的根拠が無い。「ほんまに取材か」「取材やって言うてるやないですか」と。「今度からカローラで来い」と捨て台詞言われた。

勝谷　今なら宮嶋だと、顔でわかると思うけどね。今はすごいよ、みんなが集まってるとこに宮嶋が行ったら、周りのカメラマンが「宮嶋さんや！」って。

宮嶋　いやいや、そんなことありません。

勝谷　ざーっとモーゼみたいに分ける。

宮嶋　そんな気のいいやつらはうちらの業界にはいません。「あいつ一番年長や。あいつの後ろに立とう」。私も若い時からやってましたんで、後ろに立つなら女のカメラマンか年寄りの後ろ。うちらプロですから、何人もおったらその中で一番いい写真撮らなあかんのです。当たり前ですけど、翌週には名前入りの写真が掲載されるわけでしょう。で、恥かくわけですから。遅れて行こうが卑怯やと言われようが、プロですから、そのためにはいかに出し抜くか。遅れて行ったら前に出れないのはしょうがないですよね。弱いやつの後ろに立つ、そしてかき分けて前に出る。これ基本ですわ。今だと後ろに立たれるんですよ。足がもつれると押しのけられて、そのままとり残される。

勝谷　すごい世界でしょ？

榎木　すごい。

勝谷　写真雑誌の時代は、とてもここでは話せないことばっかりしてますからね。

榎木　その宮嶋さんに不肖って名前付けたのは、勝谷さんなんですよね。

勝谷　そうそう、あれはぼくが文春時代、彼がガルフ・ドーン作戦のペルシア湾の掃海艇部隊、日本が初めて軍艦を出した時に行ったわけよ。落合畯一佐が指揮官で、それに彼は同乗して行って、帰ってきた。まあ何が起きたわけではないんだけど。

宮嶋　機雷の処分はいわゆるメディアツアーだったんです。現地まで来たら船に乗せますよという、ぬるい取材だったんですよ。でも乗ってる期間に機雷の処理ができなかったんですね。機雷の処分はご存知のように、機雷に爆破物仕掛けてドーンって派手にやるんですけど、それが見られなかった。その写真が無い、どうしようって言った時に、勝谷さんがじゃあこういうノリでいこうと。

勝谷　「煙も見えず雲も無く」というのを、自衛隊をからかうつもりで「何も起こらず役立たず」って書いたんですよ。それに自衛隊が感動してくれた。そういういじり方でもいじられることがなかったんで、昔のことまで踏まえて書いたことが嬉しかったんだろうね。それ以来、ぼくと宮嶋君と自衛隊との交流が深まって、男と男、心と心の付き合いになった。

当時の海上幕僚監部広報室長だった古庄幸一さんがその後、海上幕僚長になってね。今でもよくご飯を食べるような仲になって、言われた。「宮嶋茂樹の広報効果はイージス艦一艦分に相当する」。宮嶋君が行くとどこの駐屯地でもおーって憧れの目で見る。今のような自衛隊になると思ってなかったな。

宮嶋　あの時は完全に社会的弱者でした。

勝谷　いじめられっ子でした。

宮嶋　良かれと思ったことでも悪意に取られる。今でもその傾向があるメディアはありますけど。

勝谷　少しは我々が役に立てたのかな。

宮嶋　多少。

勝谷　多少はあると思います。

宮嶋　あの当時は今の護衛艦「ひゅうが」や「いずも」みたいな船が無かったですし。

勝谷　旧戦艦の名前も付けられなかったと思うよ。

宮嶋　その後、カンボジアのＰＫＯの時に輸送艦で行ったんですけど、2千トンの平底の輸送艦だったんですよ。17日間無寄港の航海で、ずっと乗りっぱなし。その艦隊に同行したのがぼく一人なんですよ。その時ですら古い船で、台風に遭遇してものすごい揺れて、一生分吐いたんですね。

勝谷　バシー海峡でな。

宮嶋　それ以来船酔いしなくなったんですけど、その時も神風が吹いたって海上自衛隊が喜んだ。当時の輸送艦は古いからって、全通甲板の新しい画期的な輸送艦を作ろうと考えてたんですね。「おおすみ」型。これで予算が通りやすくなったと喜んだっていうくらい貢献したと言われてますね。

勝谷　そのカンボジアPKO同行記が『ああ、堂々の自衛隊』という本になって、これでまた宮嶋が世に知られるようになった。ぼく、カンボジアのタケオ基地まで行ってお手伝いしたんだ。

宮嶋　小屋立てたんですよ。

勝谷　勝手に住み着いたんです。

榎木　いいんですか？そんなことして。

宮嶋　今だったら地主の許可とか必要でしょうけど、内戦が終わったばかりで誰もそんなこと気にしてなかったんでしょうね。ジャングルの果てに建てたんです。行ったら基地の中に泊めてくれると思うじゃないですか。それがね、あかんって。

勝谷　当時は規則が厳しかった。今でも厳しいですよ。基地の中に泊めてくれって言っても絶対ダメ。

宮嶋　仕方ないからここに支局立てますって、大工頼んだんですよ。

勝谷　身の回りの世話をしてくれるお姉ちゃんがいて、その子の名前がオナニーちゃんって言ったんだな。

宮嶋　オナニーって名前の女の子がいて、私が建てた小屋の隣に屋台が出来たんですよ。そこの看板娘がオナニーちゃんとアニーちゃん。

榎木　なかなか呼びにくいですね。

宮嶋　そうですね。でも自衛隊含めて私も、オナニーオナニーって呼んでましたけどね。ただ、彼女の名誉のために言うとですね、オナニーってクメール語で正確に言うとオン・アニーなんですよ。アニーの妹っていう意味の。

勝谷　あーそうか、オン・アニーか。

宮嶋　ただ、日本人の耳にはどう聞いてもオナニーにしか聞こえないんですよ。

勝谷　名誉も何も無いじゃないか。

宮嶋　本名はきちんとあるんですよ。後日談があって、4～5年前にテレビの取材でタケオの基地跡に行ったんですよ。元の木阿弥かなと思って行ったら、綺麗なサッカー場になってるんですよ。ここまで来たらオナニーと会いたいと思って、市場で聞いたらあっさり見つかったんです。亡くなってたんですよ。で、息子がいました。結婚した亭主がろくでもないやつで……。

勝谷　向こうは平均寿命短いからな。

宮嶋　そうですね。

勝谷　同じ頃ぼくもよく行った。あの頃のカンボジアは本当に危なかった。

宮嶋　実際、日本人の高田さんが……。

勝谷　高田警部補が亡くなられて。中田厚仁さんという、ボランティアの人も亡くなられた。カンボジアに行った安倍首相が、ちゃんとその記念碑にお参りされてね。

宮嶋　嬉しいですね。宮沢元首相なんてＰＫＯの時にタイまで来てるのに、カンボジアには来なかったですね。小泉元首相が東ティモールにＰＫＯで来て以来、配慮するようになったんですけど、それまでは全くなかったですね。

橋田信介さんの死

勝谷　一番やばかったのはボスニア・ヘルツェゴビナ？　アフガン？

宮嶋　やっぱりイラクですね。

勝谷　イラクはぼくもちょっと絡んでた。橋田信介さんという尊敬すべきジャーナリストがいらっしゃって、ベトナム戦争の時に唯一ハノイにいた。

宮嶋　写真ありますから見せますわ。これ帽子被ってるんですけど、この2週間後にこの帽子が血に染まってしまった……。

榎木　……。

勝谷　この写真集いいね。でも『不肖・宮嶋　誰が為にワシは撮る』って、せっかくのいい写真集をなんでこんなタイトルに。

宮嶋　文豪ヘミングウェイには申し訳ないですけど。

勝谷　ぼくも橋田さんと一緒にサマワに行ったんですよ。

宮嶋　勝谷さんも強盗に襲われましたよね。

勝谷　武装集団に襲われたんですよ。橋田さんと一緒にアンマンから行こうとしたんだ。

あのおっさん先にしゅるっと行っちゃったんですよ。それで大丈夫だから安心しろよって電話が来た。翌日行ったら途中で武装集団に襲われて、あれは今でも九死に一生やったと思う。頸動脈に銃突きつけられて、カチカチカチって撃鉄の音まで覚えてるもん。アシュラっていうスンニ派のお祭りの日で、あいつら薬でラリってるから。

宮嶋　高揚してますからね。自らを景気付けてとかってね。

勝谷　辛うじて助かった。橋田さんに会ったら、「共同通信に行って『襲われた』って言って来いよ」って。「何でですか、そんな恥ずかしいこと言えませんよ」って言ったら、「保険が下りやすいから」って。で翌日、コラムニスト勝谷誠彦襲われるって共同通信の情けない記事が出た。何でコラムニストがこんなとこ行っててんねんって。俺としては九死に一生を得たわけなんだけど。橋田さんは、小川耕太郎君っていう、甥御さんがアシスタントとして一緒に来てたの。3人でティクリートのフセインが捕まったアンマンまで行って、その時はちゃんと護衛つけて行きました。行って帰ってきて、そしてサマワまで行って、その後ぼくは原稿があるから一人で帰ったんです。バグダッドに飛び立つ最初の飛行機で帰ったんですよ。その後も橋田さんは残ってて、ぼくが日本に帰って2、3週間たった頃に、日本人ジャーナリスト死亡って、取材先の福島の温泉でニュースを知って、橋田さんかもって思った。まさにその日の直前にサマワに来てた。

宮嶋　大した用事じゃないんですよ。ＩＤカードが切れたんで更新でサマワに来たので、その前にファルージャに行ったとか言ってたから、ファルージャでやばい仕事してたって。それでその日のうちに帰るって言うんですよ。

勝谷　夜は危ないんだよ。普通は絶対動かない。

宮嶋　今帰ったらバグダッドは夜ですよ。絶対やめた方がいいですよって言ったんですけど、ファルージャから来たから大丈夫って。いや、ほんまかなと思って、写真撮って別れたんですよ。

勝谷　橋田さんはずっとそうやって、本当に危ないところをくぐり抜けてきた、歴戦の強者なんですよ。だから油断って言ったら失礼だけど、彼の感覚では大丈夫って思ってたんだけど、大丈夫はいつまでも続かない。俺も宮嶋もそういうところは実はすごい慎重。

榎木　本当ですか？　そういう所に行くこと自体が危険じゃないですか？

勝谷　突っ込む時は突っ込む。金や名誉になる時は突っ込むけど。そういう普段の移動とかでは絶対に襲われないように考える。ベトナム戦争から何十年もやってる方だから、自分の感覚では行けると思ったんだろうな。でも行けなかったんだ。君は予感があったんかな。

宮嶋　俺はあの時何であんな写真撮ったんかな。普段はあんな写真撮らないんですけど。

勝谷　カメラマン同士は互いの写真なんて撮らないんだよ。

宮嶋　縁起悪いから。

勝谷　俺とこいつの写真なんか、ほとんど無いよ。

宮嶋　あの時はたまたま言い出したんですね。じゃあ小川さんがシャッター押して、次に橋田さんがシャッター押して、ぼくが二人の写真撮りますって。カメラ今無いしそれはいいわって言われたんですよ。

勝谷　で、途中で襲われて。あの車、あの運転手、全部ぼくが一緒にいたクルーなんですよ。たまたまぼくは早く帰っただけで、ぼくがいたら一緒に殺されてたんですよ。運転手も車も、小川君も、橋田さんも全部一緒にそこで撃たれてしまった。戦場ってそんなもんなのよ。

宮嶋　後日談があって、未亡人になった橋田幸子夫人が、法医学者の橋本先生と一緒にクウェートまで来たんですけど、遺体の判別が難しいと。通訳の遺族が遺体を間違えた恐れがある。通訳の人も結構長身で、やせっぽっちで、橋田さんみたいな恰好してたんで間違えたかもしれないと。法医学者の先生の力を借りて遺体は確認できたんですけど、その時も日本政府は何もしてくれませんでしたね。

勝谷　彼が付き添って、結局クウェートに遺体を出して、クウェートからバンコクに移動させた。

宮嶋　私が付き添ったわけじゃないんですよ。運んだのは米軍。バンコクまでお付き合いしました。静岡か山口、どっちかの県警から司法解剖したいと要請があったんですね。要は日本人が犠牲になって、犯人を特定して手配するという実績作りのためにしたいと。もう奥様と妹さんは嫌だって、それなら二人の思い出の地のバンコクで灰にしたい。それでバンコクで火葬したんです。

勝谷　ぼくは、その話を『彼岸まで。』という小説にしました。こいつが番犬のように遺体の横に付き添って、日本の役人や官僚が関与してくるのをビッっとこうやってね。ぼくはバンコクに駆けつけて、何とか間に合った。彼は遺影のために写真屋さんを走り回ってた。橋田さんの仲間だったジャーナリスト連中が走り回って、バンコクの寺院でお骨にした。最後まではいられなかったんですけど。

宮嶋　ぼくもね、最後のご挨拶、橋田さんはできたんですけど、耕太郎さんはできなかったんです。法医学者の先生の力を借りなければわからなかったですね。

勝谷　そんな世界だよ。

榎木 そんな世界なんですね。

勝谷 ぼくらちょっとヘラヘラしてるから、世の中の人は勘違いしてる。かっこいいことをやってると思う若い人たちが時々いるんだけど。

宮嶋 実際かっこいい人もいるんでしょう。

勝谷 いるんだろうな。でも、結局この世界も血と汗じゃないけど、ドロドロ。

宮嶋 汚いでっせー。

榎木 宮嶋さんはそこでカメラマンとして突き動かされる思いは?

宮嶋 ここまで来たら、つぶしがきかないんですよ。

勝谷 俺もそうや。

宮嶋 おんなじですよ、だって皆さんもそうでしょ?

勝谷 アナウンサーもそうやろ?

榎木 アナウンサーは日々与えられた仕事をこなすっていう世界かもしれないですけど。

勝谷 ぼくらもまず与えられた仕事をこなすんですよ。

宮嶋 そらそうですよ。

勝谷 つまんないもの撮るんですよ。俺もつまんないもの書くんですよ。与えられた仕事を日々こなしていって何かの時に一歩上がるかどうかです。それを今の若い人たちに勘違いしてほしくなくて、なあ。

宮嶋　商売だもん。

勝谷　世界に一つだけの花を探しに行ったって無いよ。どんだけ花を踏みつけて、一つだけ向こうにあるもんを撮るかですよ。

宮嶋　よくね、金のために撮ってるんじゃないっていう、正義のジャーナリストがいるじゃないですか。でもそう言うジャーナリストに限って、えらい金とってますからね。

榎木　そうですか。

勝谷　金のために撮ってるんですよ。金を稼ぐと自由を得られる。

宮嶋　それを言うと、外道扱い。仕事で撮ってんねん。俺は安い仕事やらへんねん。俺の写真高いで。俺そんな安い現場行けへんわって言うだけで外道扱い。

勝谷　偉そうなこと言う人に限って、写真が下手なんだよなあ。

宮嶋　だから金に換えられない。

勝谷　このことは写真家をめざす人には知っておいてほしいな。

お悩み相談

榎木 30代女性からの相談です。「夫が今の会社を辞めて個人で仕事をと考えているみたいです。今はサラリーマンで家庭もあるので、私としてはこのままでいてほしいのですが、夫はやってみたいと言っています。個人で仕事をやっていく夫を応援した方がいいのでしょうか」ということです。

勝谷 あんたサラリーマンやったこと無いよね。

宮嶋 無いです。なんでそんなこと俺に聞くんだろう。

榎木 そういうコーナーなんで（笑）。

宮嶋 退職金とか失業保険とかもらったことないんですよね。ボーナスも。どんなもんなんでしょう、ボーナスって。

勝谷 まあまあの本を書いた時に売れて印税が入ってきたようなもん。忘れてたのに、ちょっと売れて印税で入ってきたみたいな感じ。

宮嶋 だったらなおさら私に聞くのは……。でもまぁ人生一回ですしね。特にこの歳になって思うのは今更30、40の頃には戻れないじゃないですか。それ考えるとご主人の立場にたつとやるべきでしょうね。

榎木　おっ、やるべき。

宮嶋　だって、あと5年10年経った時に、「あの時やってたら」っていう後悔はしたくないでしょう。でも、奥さんにしたら、そりゃあ、話違うで、となるでしょうね。安定してるからあんたと一緒になったんやからと。ちょっと奥さんに同情はできないですね。

榎木　ちなみに宮嶋さんの奥さんは何が元で離れていかれたんですか?

宮嶋　それはいろいろあって。

榎木　フリーに反対された?

宮嶋　私、専属カメラマン辞めて収入減りましたから。やっぱり男と女も金ですわ。

榎木　急に悪い顔した(笑)。

勝谷　ご主人の気持ちと奥さんの気持ちは全然違うわな。

宮嶋　全然違います。旦那さんに対しては流行り言葉じゃないけど、「今でしょ」です。奥さんに対してはね……。

榎木　安定は大事ですよね。やっぱり子どものこと考えたら。

勝谷　全然結論になってませんが。

宮嶋　ズバリ、奥さんは我慢しろ！　ですね。

勝谷　我慢できなかったら別れなさい。ひどい答えだ（笑）。

第二章

小川 洋子

Yoko Ogawa

人々が歩いていった足跡から、
物語を生みだしていくのが作家だと思います。

Profile
1962年岡山市生まれ。小説家。1988年、『揚羽蝶が壊れる時』(完璧な病室・中公文庫)でデビュー。1990年、『妊娠カレンダー』(文春文庫)で芥川賞、『博士の愛した数式』(新潮文庫)で読売文学賞、本屋大賞を受賞。他受賞多数。2007年7月より芥川賞選考委員。

二人は同級生

勝谷　なかなかメディアに登場されない方ですが、複雑な縁がありまして、おいでいただくことができました。作家の小川洋子さんです。

小川　どうぞよろしくお願いします。

榎木　滅多にテレビにお出にならないんですね？

小川　そうですね。

勝谷　昔、別の局でプロデューサーにお願いしたことがあったんですが、そのときはご縁がなかったんです。でもこのあと、ぼくらの関係が……。

榎木　そこが気になります。

勝谷　小川さんは、芥川賞をはじめとしてたくさんの賞を取られてるんですが、早稲田大学の坪内逍遥大賞というのをお取りになりました。ぼくは早稲田の出身なので、たまたま大学から授賞式の招待状が来て、これはチャンスだ、直接この番組に出てほしいと口説きに行こうと。それで会場で捕まえて、「久し振りだね、番組に出てください」ってお願いしたの。

小川　私、あのとき、偶然かと思ってました。

勝谷　口説きにじゃなかったら、早稲田のパーティなんか行きたくないです。

小川　まあ、それなのに来てくださってありがとうございます。

榎木　念願叶ってよかったですね。自ら出演交渉した編集長の喜びが大きいのがわかります。小川さんは何をお飲みになりますか？

小川　烏龍茶をお願いします。

勝谷　なんだ、俺たちだけ飲んでるのか（笑）。

勝谷　小川さんは１９６２年生まれで岡山県出身。今は兵庫県の西宮市にお住まいで、ぼくの実家のご近所なんですね。阪神タイガースのファンで、時々デイリースポーツに、阪神タイガース愛の文章を書かれてる。これがもう泣けるんだよなぁ。

榎木　編集長が涙するなんて……。

勝谷　いつも読みながら泣いてますよ。そんなこともあってお目にかかりたかったんです。実はぼくらは早稲田大学文学部文芸専攻の同級生で同じゼミなんです。

榎木　そのときはよくお話しされてたんですか？

勝谷　それがね、無いんですよね。

小川　もう全く。勝谷さんは私のことは記憶に無いと思いますけど、私はとっても印象に残っています。

勝谷　ぼくと共通の先生が数年前に亡くなられました。平岡篤頼《ひらおかとくよし》先生という作家なんですけど、ぼくらのゼミから芥川賞作家を出すんだと言っておられて、。先生はぼくのことを言ってんのかと思ってたんだけど、全然違って小川さんが取られた。

榎木　お見事。

勝谷　先生が亡くなられたときに小川さんが書かれた、「先生と出会えた幸運」というエッセイが『博士の本棚』に入ってて、なんとぼくのことが書かれている。ここから読んでみて、恥ずかしいけど。

榎木　「君のはいい、とてもよかった」と、特別にほめられている学生がいた。ほめられているのに少しもうれしそうに見えない、大人びた猫背の男子学生だった。その彼、勝谷くんが、勝谷誠彦氏だったと判明したのは卒業してしばらくたってからだった。

勝谷　恥ずかしいだろう。芥川賞作家にこんなこと書かれてさ。

榎木　すごーい！　編集長。当時からものすごく認められていたんですね。

勝谷　ぼくは当時風俗ライターでばりばり稼いでいたんですよ。だから学校の課題なんて面倒くさくて、なんで一銭にもならない原稿を書かなければいけないのかと。学校の課題20枚なんて、本当にやっつけ仕事で書いていた。多分つまらなそうな態度だったと思う。今だったら平岡先生という大作家の薫陶を受けた幸せを感じるんだけど。当時はそれどころじゃなくて、とにかく明日のご飯を食べるためにスポーツ紙のエロコーナーに書いてた。それが忙しくて、あーしまった今日提出だったかと、図書館に行ってその日のうちに20枚バーっと書いたりして。

榎木 へぇー、そんなに早く書けるんですね。

勝谷 卒論なんて60枚とか100枚を3日くらいで書いたんだけど、途中で主人公の名前を忘れて変わっちゃって、締め切り当日の20分くらい前に急いで製本して提出。評論のときに、「よく書けてるけれど、主人公の名前は間違えないようにしような」って、ここで名前が変わってるって赤が入ってて。というひどい生徒だったの。

榎木 学生時代は勝谷さんにどんな印象をお持ちでしたか?

小川 既にプロとして文章でお金を稼いでるっていう大人の雰囲気があって、すごく目立っていました。

勝谷 ぼくがどんな原稿書いてるかは知らなかったでしょう?

小川　ええ、何か書いてるってこと以外は知らなかったです。ほかの学生とは全然違うし、とっても渋い色のトレンチコートを着て、教室を出て行くときにその裾がふわっとひらめいて、その姿がなんて大人なんだろうと。

勝谷　恥ずかしい。

榎木　めちゃくちゃ覚えられてるじゃないですか。

小川　よく覚えてます。

勝谷　サングラスかけたりしてね。

榎木　学校なのに？

勝谷　黒いサングラスかけて、髪が長くてね。

小川　ただ者じゃないという感じがムンムンしてたんです。

榎木　そこから恋愛感情には発展しなかったんですか？

小川　それとは別ですね。

榎木　早い！　否定が早い！

勝谷　いててて（笑）。ぼくが最初に書いたのは、灘高の生徒会誌で、15歳のとき。「稚児懺悔酒呑童子」って名前の通りで今で言うボーイズラブですよ。

小川　早熟な少年だったんですね。

勝谷　今読んでも漢字が読めないくらい難しい。早稲田に入ったときにお金に困って、当時出始めていたボーイズラブ雑誌に持ち込んだんです。そしたらすぐに金になった。つまり19歳が書いたものとして採用されたんですよ。これをきっかけに悪いことを覚え始めた。

榎木　書いたものがお金になるんですね。

勝谷　そう、金になるんだってわかって、すぐにフリーの名刺作って営業して歩いたら、来るわ来るわ注文が。それでまた書けちゃうんですよね。

小川　書けちゃう才能があるってことね。

勝谷　サングラスもトレンチコートも30歳ぐらいに見せる道具だったんですよ。

小川　あ、わざと大人ぶって見せないといけなかったんだ。

勝谷　営業に行って、フリーライターの名刺切って、おたくで書いてもいいよみたいな感じで。当時から書くのは早かったから、翌日にはパッと原稿を入れちゃう。それで、がっぽがっぽ（笑）。

小川　普通は世の中に出てもそうやってお金を稼げないんですよ。どうしていいかみんなウジウジ悩んでるのに、学生の身分でありながら、ずかずかと（笑）。しかも大学では、書かれた課題作品がいつも平岡先生の目に留まって褒められていましたね。それが羨ましかったです。半ば嫉妬するような気持ちはありました。

勝谷　作家同士は嫉妬するんですよ。ぼくは卒業後、文藝春秋に入るんですけど、あそこは芥川賞や直木賞を出すんですよ。ぼくはその出す側に社員として入ったわけですよ。そこで小川さんが芥川賞をお取りになった。経歴を見ると、早稲田の文芸科じゃんと思って。胸がチクッ。

『家庭の医学』から入った小説への道

勝谷　小川さんは子どものころから文学少女だったんですか？

小川　本を読むのは好きでしたね。

勝谷　どんな小説を読みました？

小川　文学少女が通る王道を歩いてきました。子どものころは、『小公女』とか『赤毛のアン』とか『アンネの日記』とかね。思春期になってくると、谷崎潤一郎にどきまぎしたり、川端康成のいやらしい男の目にドキドキしたり。

勝谷　ファンタジー系には行かなかった？

小川　それは無かったですね。

勝谷　少女漫画も行かなかった？

小川　行かないんです。人間そのものに興味があったんですよね、生身の人間に。人間って何だろうという問いかけをファンタジーじゃなくて、まず『家庭の医学』に求めたんです。

榎木　えっ、そこから入っていくわけですか。

小川　『家庭の医学』から入っていくと、人間の最も奥深いものに近付ける気がしました。

勝谷　小川さんは人の体温がわかるものをお書きになるんですよ。小説を書き始めたのは大学に入ってからですか？

小川　そうです。高校のときも書いてましたけど、人に読んでもらうのは大学に入ってからですね。

勝谷　課題で書かされるからね。ぼくも強制されなきゃ書かなかった。

小川　確かに締め切りって偉大で、いつ書いてもいいと言われると人は書かないですよ。

榎木　締め切りを設けられた方がいいんですね。

勝谷　だから同人誌に書く人は立派だと思いますよ。

小川　しかも同人誌は載せてもらうために自分でお金を出すわけですから。

勝谷　小川さんは、最初から小説を書くところから入ったタイプですか？

小川　もちろんそれ以外できないですから。

勝谷　ぼくは、詩なんですよ。

小川　なるほど。ヨーロッパでは作家より詩人の方が偉いですよね。詩を書けない人が小説を書いてるって考えられてて、詩人はとても尊敬されています。

勝谷　アメリカがイラクに侵攻したときの、フランスの外務大臣がド・ビルパンって言うんだけど、あれはドミニク・ド・ビルパンっていう詩人なんですよ。国連でものすごい演説をして、「アメリカは恥を知れ」って言ったんですよ。かっこいいんだよ。

小川　詩人の言葉はみんなに浸透しますね。

勝谷　ぼくは定型詩を書いてたんです。

小川　定型詩はいいですね。

勝谷　「小諸なる古城のほとり　雲白く遊子悲しむ」（島崎藤村）みたいな。10代の頃はずっと定型詩を書いてたの。しかも文語体で。

小川　詩って短いし、定型詩だったら形があって不自由だと思うんですけど、その形の中に宇宙があるんです。将棋盤やチェス盤と一緒です。9×9、8×8という輪郭が定まってるのにその中に底知れない宇宙がある。それが詩なんですよね。

勝谷　ある言葉を空中に投げ出したときに、それを相手がどう受け取って再構築するかは野球でフライを受け取るようなもので、相手に任されてるんですよ。どこまで責任を取れるかというのは文学の永遠のテーマなんです。

小川作品は優しく包み込んでくれる

勝谷　小川さんの『注文の多い注文書』。ぼくは写真家でもありますので、こういう映像と一緒のは理想に近い。本を作る喜びというのはこういうもんだと思いました。

小川　本ってさりげないものですけど、細部にものすごくこだわって作ってあるものなんですよね。

勝谷　これはどういう出会いなんですか？

小川　オブジェを作っている、クラフト・エヴィング商會という二人組に、過去の有名な文学作品の中に登場する、この世に無いものを注文して、実際に作ってもらうプロジェクトなんです。私が注文主になって注文をする。

勝谷　発注書があって、納品書があって。

小川　いろいろな作家が出てきます。内田百閒とかボリス・ヴィアンとか、そういう有名な作品に出てくる、この世には無いんだけど、でも物語の中にはある。もしかしたらこの世にあるのかも知れないというものを注文する。

勝谷　だけど、基本的に内田百閒と川端康成の原書を知らないと、読んでもわからない。

小川　そんなに難しい物じゃございませんので大丈夫ですよ。

勝谷　小川さんの文章は非常に優しく転がっていく。ぼくはその転がり方がすごく好きで。

榎木　私も大好きです。優しくて、何かこう包み込まれるような。

勝谷　本当に小川さんは小説というか文学が好きだね。

小川　ものを書く以外に生きる方法というか、呼吸の仕方がわからないっていう感じですね。

榎木　でも一度は全く違う職業に就かれてますよね。

小川　はい、就職活動に失敗して田舎に帰って、大学病院の秘書室に入りました。

勝谷　就職失敗したんですか。東京で？

小川　ええ、東京でどこも採ってくれるところが無くて、一度岡山に帰りました。でも、「どんな職業に就いても書く人生を歩みなさい」と平岡先生に言われたので、その言葉を頼りに書いてました。

勝谷　そうなんだよ、平岡先生は「30歳までは、食える方法が何かあるんだったら、それまでは小説を書きなさい」と仰ったんだ。ぼくなんかは一番駄目なタイプで、すぐに金にする方法を考えてしまったわけ。

小川　ある意味才能があるんですよ。

榎木　そうですよね。

小川　ちゃんと社会でお金を稼ぐ才能がある。私はそれが無いから、ただ読んでもらえるあてのない小説を書くしかなかったんです。

勝谷　ずっとコツコツ書くことをやってきて、それがお金に繋がって、世の中に出るっていうのは幸運ですね。もちろん才能なんだけど、でも稀有なことであって。

小川　それはもう、自分の書いたものが本屋さんに並ぶっていうのは、自分が人生で一番望んでいたことですから。それはね本人の才能云々ではなくて、何か……。

勝谷　何かあるね。

小川　やっぱり幸運としか言いようがないものの作用ですね。

勝谷　ぼくは膨大な量を書いてますよ。毎日の日記も含めたら書き散らしてる。

榎木　毎日５０００字は書いてますよね。

勝谷　まあ薄利多売といいますか、バッタモンといいますか。ぼく、本屋大賞を受賞された『博士の愛した数式』を、サインしてもらうために持ってきてて、飛行機の中で読んでたら泣いちゃってさ。

榎木　80分しか記憶がもたない博士と家政婦、その息子ルートくんの温かい愛の物語ですね。

勝谷　こう言うと作家に失礼だけど奇跡のような一冊。

小川　確かに奇跡なんです。作家が奇跡を作り出したんじゃなくて、すでにこの世に奇跡があったんですね。

榎木　すごい。

小川　友愛数とか完全数が既にあった。そして、江夏豊が28という完全数を背負って阪神タイガースで投げていたということは、私がそうしたわけじゃない。既にこの世にそういう奇跡があって、それを発見したみたいな感じですね。

勝谷　この本に阪神タイガースの試合を観に行くシーンがあって、亀山の名前を叫びながら金網に縛り付いている若者とかが出てくるわけです。時代性がすごくあるんだけど古くない。その時代、その瞬間に、何かが降りてきたというか。

小川　そうですね。根本に数字という永遠のものがあって、その上に有限の人間が生きてて、そして江夏が28を背負って投げているという、いろんな組み立てがある。そういう構造の小説です。自分が組み立てたんじゃないんですよね。ある意味発見した喜びはあります。

勝谷　初版は２００５年ですから、ベストセラーというよりロングセラー。まさに愛されている。

榎木　この作品を考えるときに、モデルとなる人物が近くにいたんですか？

小川　いえ、数学者の先生に大まかな取材はしたんですけど、人物像はさまざまな数学者の伝記を読んで作った全くの架空なんです。何と言うか、自分が書こうとしている小説の世界に行くと、そこにいるんです。

榎木　すごい！　登場人物がいるんだ。

小川　ルート君も家政婦さんもです。ですから自分があまり手出しをしないで、そこにいる通りに書くことが大事ですね。飾り立てないで。

勝谷　小説を書く場合にそれが非常に難しいことで、どの視点で見ているかなんですよね。神の視点から見てるのか、自分もその中の一つの視点になって見てるのか。これは悲しい小説でもあるね。書かれた時期には今ほど認知症ということは言われてなかった。それを上手に80分という時間で切ることで作品としては大成功だと思うんです。これが、だんだん記憶が失われて行く話だったら違ってくる。

小川　そうですね。

勝谷　80分で切ることで、情念が続いていかないの。情念が続いていくと、すごく難しい、ぼくだったらプロットいっぱい書いてしまって、それで終わっちゃう……。

榎木　そうか、記憶が戻らない切なさはあるけれど。

勝谷　子どもとお母さんの話は続いていくけど、博士はそこで一回切れてる。人生ってそういうものなんだよ。これ読んだマネージャーのT－1君が、「昨日のこと覚えてないって、勝谷さんと同じじゃないですか。酒飲んだら80分持たないでしょアンタは」って。

榎木　なんてことを。でも遠からず（笑）。

小川　それがある意味幸せを運んでくるってこともあるんですよね。

勝谷　人生ってそんなもんで、それをアクティブに切り替えていく人もいるんだ。宵越しの記憶は持たねぇって生き方もある。ただぼくは小川さんの小説を読んで、やっぱり平岡さんの弟子だなと思いました。

小川　そうですか？

勝谷　平岡さんの淡々とした性質と空気。会話で続けていくんじゃないみたいなね。結構今でも覚えてるんだ。

小川　難しいんですよね、悲しいという気持ちを「悲しい」と書いちゃうともうそれ以上行けないいんです。

勝谷　「私は悲しいんです」って書いたらそれで終わっちゃう。

榎木　読んでる側もなかなか共感できないと思いますね。

小川　言葉にできないくらい悲しいという、言葉にできないところを書くためには、書き手はある程度距離をとって、冷静な静かな気持ちで見ないといけない。

勝谷　それが難しいんですよ。

小川　どうしても物語の先が心配になって、自分でどうにかしようとするんです。

勝谷　前のめりになっちゃう。そこを一歩引いて書けるかどうか。
榎木　高度な小説の話ですね。売れる秘訣かもしれませんね。
勝谷　この番組の第一回目のゲストが百田尚樹さんでね。
小川　そうでしたね。
勝谷　百田さんはここに来て、いきなり、「勝谷くんの小説は面白い、ためになる、結構読ませる、しかし売れない」って。
榎木　もう、ばっさり切られましたね。
勝谷　そう、「ダメだあんなんじゃ、エンタテインメントにしなきゃダメだ」って言われてね。
榎木　今日も売れる秘訣を聞かなくてはいけないって。
勝谷　今回は同級生の芥川賞作家が来て、ショボーン。
榎木　やはり編集長のは売れないんですか?
勝谷　何だよお前!
榎木　いえ、その辺りは、同じ作家さんから見てどうなのかなって。
小川　文学の世界も今は御多分にもれず難しくて、どんなものが売れるかという見通しを立てることはほとんど不可能なんですよね。

勝谷　そうなんですよ。ぼくは割とあざとく売れる方向に行こうとして、考えすぎてる。

小川　あ、やっぱり根本的にはジャーナリストだから。

勝谷　ものすごい取材をしてね。

小川　そうでしょうね。

勝谷　十数年前に『ディアスポラ』っていう小説を書いてから、ずっとずっと考えてるんだ。この間百田さんにバッサリ切られた。「下手な考え休むに似たり」だって言われた。

小川　それは言えますね。とにかく書き始めてみないことにはわからないというのはありますね。設計図が全部はっきりしてから書き始めるものじゃないですからね。私いつも思うんですけど、こういうもの書いたら売れるんじゃないかとか、これを書いたら賞が取れるんじゃないかという、未来を見ているといいものが書けないんです。作家って過去と付き合ってる職業だと思います。人々が歩いて行ったあと、残った足跡から物語を生み出していくのが作家だなといつも思うんです。

勝谷　その通りだと思いますね。

榎木　受賞するという予感は無かったんでしょうか。

小川　無いです。芥川賞は全く予想外でした。

榎木　これまでにいろんな賞を取られてますね。

勝谷　一回取るとドミノ倒しみたい取れるのかなぁ。すごいなぁ。

小川　順番が回ってくるだけの話です。

勝谷　回ってこないよ一回も！

芥川賞の選考委員に

榎木　小川さんは賞を取ってから何か変わりましたか？

小川　いえ全然変わらないです。

勝谷　ただパスポートではあります。

小川　自分が気付かないうちに、便利なことが起こっているんでしょうけど。

勝谷　作家って難しいんですよ。自分で作家って言ったからって作家じゃないんですよ。

小川　そうですね。

勝谷　百田さんくらい売れたら作家なんです。一万二万部売れたという世界だったら、賞をもらうと一応作家。ここが難しいんですよ。プロとアマの違い。

榎木　賞を取ったらもう作家だという自信にもなりますね。

勝谷　自信、失礼な！　芥川賞作家に対して何てこと言うんだ（笑）。いろんな所から依頼が来ますよ。

小川　それはあります。

勝谷　次はうちに書いてくださいっていうのを転がしているうちに、だんだん認知されていく。それでも消えていく人もいる。

小川　取る前もあとも日常的には小説を書くという仕事そのものは一緒ですね。書かないことには始まらない。毎日書きかけの小説の前に座る。そのときの何とも言えない嫌な気持ちね。一晩寝たら傑作に変わってないかなって思いながらスイッチを入れるわけです。でもやっぱり昨日のまんまだという、暗澹たる気持ちで小説を書く。それは25年変わりません。

榎木　芥川賞を取った瞬間にそういう気持ちに変化はないんでしょうか。

小川　変わらないです。

榎木　取ったときは驚かれましたか？

小川　芥川賞のパーティのときに、「受賞後第一作は、受賞作よりいい物でないと載せませんよ」って、編集者が耳元で囁くんですよ。わざと。顔では笑ってても、心の中は今日帰って何書いたらいいんだろうと、むしろ憂鬱な気持ちでした。浮かれてる暇ないんですよ。

榎木　憂鬱！　編集長なら、賞取ったらバンザーイでしょう。

勝谷　俺？　遅かったなって言う。

小川　今頃か？　みたいな感じですか。作品の持ってる運命ってあるんですよね、作家の実力とは別でね。

榎木　芥川賞の選考委員をされて、小川さんから見た現代の作品はどうですか？

勝谷　もう小川さんが選考委員の年なんだ。そういう時代になったんだ。

小川　あっという間です。選考委員の話をいただいたときに、「いえまだ私は若いつもりですから」って言ったら、「小川さんはもう若くないです」とはっきり言われて。

榎木　面と向かって言われるのも失礼な話ですね。

勝谷　選考委員なんだ。一つよろしく。

榎木　勝谷さん！

小川　本当に公平ですよ。公平にやってます。

勝谷　賞は欲しいと思わないけど、本は売れて欲しいって思う。不思議な縁でね、10年以上前に書いた『ディアスポラ』という、原発事故がテーマの小説があります。それが『文學界』に書いたときには埋もれていた。だけど原発事故が起きて、文藝春秋が単行本にしましょうって。

小川　なるほどね。

勝谷　不思議ですが、そういう巡り合わせというのはあるものですね。自分でも気味が悪いくらい原発事故のことを書いた小説です。

小川　むしろ、ものすごく先を見通しちゃったんですね。

作家は自己プロデュースできない職業

勝谷　ぼくはこれから、もうちょっと地に足のついた心が温まるような小説を書こうと思います。

榎木　これから?

勝谷　書きます。10年ぶりに書きます。

小川　勝谷さんは絶対に書くべき人ですよ。文芸科の教室にいたときの、あの勝谷さんの独特な光り方、オーラを知るものとしては。平岡先生も勝谷さんが小説を書くことを望んでおられると思います。

勝谷　平岡先生が亡くなられたあと、新宿で集まったときに、重松清さんと高橋源一郎さんもいらした。そのときにすごく叱られた。「平岡先生はいつも、勝谷が……って言われてた。お前何してんだ」「しょうもない売文業ばっかりしてるんじゃない」と。でもしょうがないじゃないか、それだけで食ってるんだから。これを言うのはみっともないけど、ぼくにとってすごいプレッシャーなんだ。奥様もお元気でいらっしゃって、軽井沢に文学館もできて、書く以上はきちんとしたものを書かなきゃっていうのがあるんです。

小川　考えすぎると書けないですしね。

勝谷　みっともないよなぁ、本当に。

榎木　大学の教室で小川さんが編集長をなだめてる感じですね。

小川　私からするとテレビのコメンテーターとしてズバズバ現代社会を切っている勝谷さんの姿を見て、同級生がこんなに活躍してるんだ、頑張ってるんだっていうのがすごく励みなんですよ。

勝谷　嬉しいな。

小川　自分は地味に原稿用紙一字一字埋めてる。世間の片隅で本当にひっそりやってる。その片方で同級生が言わなきゃいけないことを堂々と言ってるのが、眩しい気がしました。

勝谷　わかんないんですよ、人生ってのは。どういう住み分けになるのかは、ちょっとした偶然の重なりで、ぼくももっとまともな就職をして、同人誌からコツコツ書いてたら、今頃小説書いてるかもしれないし。

榎木　違う人生だったかもしれませんね。

勝谷　たまたまこんな喋りを仕事にしてるわけで、そこに同級生に来てもらった。その喜びたるや。本当に嬉しいですよ。小川さんが出した本は大体読んでたけど、会うと決まってもう一回読むと全然違うんだ。それはやっぱり、もう一回読み返せるという喜び。しかもすごく新しく感じる。贅沢ですよね、こんな本出せるっていうのは。

小川　そうですね。できるまでに7〜8年かかってるんですよね。

勝谷　今のご時世、単行本出すだけでも大変な中で、これだけ美しい本を出してるのは本当に羨ましいです。編集者からデザイナーまで、気を使いまくった本だっていうのがわかる。

小川　プロがプロの仕事をした結果ですね。
勝谷　なんというか、一つ達成されたなって。作家ってそういうもんですよね。
小川　文学の中に流れている時間って、本当にゆっくりなんですよ。現代社会のセカセカした時間の中で、貴重な時間の流れ方をしてる。そういう中にいられるのは幸せですよね、私は。
勝谷　これを出せる余裕がまだ日本にあるっていうことですね。
小川　はい。
榎木　作家を目指す人は詩から勉強すればいいんですか？
勝谷　それは人それぞれだと思いますね。
榎木　何から入って行けばいいんでしょうね。
勝谷　作家って目指すんじゃなくて、業《ごう》みたいなものでね。
小川　そうですね。書かざるを得ない人が書いてる。
勝谷　だから、榎木がお酒をやめられないように（笑）。ぼくが毎朝５０００字書いてるっていうのもおかしいんですよ。
小川　半ば狂気じみてないとできないですよ。だから私、若い人で作家になりたいという人に言うんですけど、一度書き始めた物語を最後の一行まで辿り着かせる根気、執念深さがあれば誰でも書けるものなんですと。

勝谷 作家はなりたいものじゃなくて、なっちゃうものかもしれない。

小川 自己プロデュースできない職業なんですよね。なってみて、自分はこういうものを書く作家なんだなって、あとからわかるんです。

勝谷 そのとおりですね。

小川 自分はこういうものを書きたい、こういうものを書いて世に出て行こうと、自分で予めプロデュースしたものに沿って書いている間は面白くないんです。自分でも思いもしない、自分のどこからこんなものが出てきたんだろうっていうのが……。

榎木 自分の手で書いてるのにも関わらず。「うわっ」て感じですか。

小川 それはありますね。自分じゃない誰かが何かしたんじゃないかってね。

榎木 それはすごい感覚ですね。

小川 自分が思ったとおりにできた作品って、自分の狭苦しい世界に留まってるんです。

勝谷 自分でうまくいったと思ったときは、自分の8割くらいです。

榎木 どんな職業にも言えますね、自分に満足してしまったらダメなんですね。

勝谷　ぼく毎朝やってるからね。書き終わったあとに、変なものできちゃったっていうときは面白い。

小川　思いもしないことが、ものを作る現場で起こっていかないとね。きっとこういう番組を作るのもそうだと思うんですよ。

勝谷　まさかこんなに自分の本心を吐露するなんて思ってなかった。まんまと小川洋子さんに引っ掛けられた。同級生ってやなもんだね（笑）。

榎木　心を開いてしまいますね。

勝谷　すごく恥ずかしいところをいっぱい見せた。

小川　やっぱりものを書くもの同士って、何か人に見せないものをあらわにしてるんですよ。言葉によってね。

勝谷　心の底にある、ものを書いていこうという、素っ裸で走ってるような恥ずかしい部分を出してしまった。

小川　やっぱり勝谷さんは作家なんですよ。

勝谷　その言葉が今日の何よりの収穫。嬉しいな。

榎木　ありがとうございます。

勝谷　本当に楽しかった。

【お悩み相談】

榎木　40代女性からのお悩みです。「来年息子が大学受験なのですが、進路について悩んでいます。家が自営業のため、私たち親は経済系の学部にと思っているのですが、息子が希望する学部は全く違います。ゆくゆくは息子に継いで欲しいと思っています。息子の進学先どうすればいいでしょうか」

勝谷　小川さんは息子さんがおられますね。

小川　はい、全く私とは逆の方向に行ってて、全然本なんか読まない子ですね。

榎木　おいくつなんですか?

小川　もう24歳です。我が道を行ってますね。

榎木　進路で何か相談っていうのはありました?

小川　親がどうこう言っても子どもはやっぱり自分が思った方に行きますよね。自分自身もそうでした。親が本を読まない人だったので、なぜ娘が作家になったのかずっと不思議がっていました。勝谷さんも親の希望通りには……。

勝谷 はい、うちは開業医ですから。で、医学部二度落ちてますから。

小川 行こうとはされたんですね。

勝谷 一応ね。ぼくは、共通一次試験第一世代なんですよ。

榎木 センター試験の前ですね。

勝谷 共通一次があって、二次試験は面接小論文だけだっていうから筑波大学医学専門学部、佐賀医大、滋賀医大の三つ受けた。何しろ15歳から小説を書いてるから。

小川 小論文は任せろって。

勝谷 しかも筑波大学は小論文5時間。5時間かけたら何十枚も書ける。俺以上に書ける奴は日本中にいないと思って、足切りセーフで通ったら、そこからはみんな東大受ける連中だ。当時東大よりも上に行くんじゃないかっていうくらいブイブイ言ってた筑波大学だ。

小川 難しいですよ。

勝谷 試験問題をバッと見た瞬間、見たこともない化学方程式と物理の数式で、要するに理系の総合問題だったの。最後の300字で医学について述べよって、それだけ書いた。

そのあと残酷なことに面接もあったんですよ。落ちるのわかってて面接も行ったの。そしたら教授が何人か並んでて、「君、理系はあんまり得意じゃなかった?」って笑った。

榎木 えー。

勝谷 堂々と落ちましたよ（笑）。

榎木 でも結果的にお二人は早稲田で。

勝谷 そのおかげで小川さんと同級生になれたわけだから。

小川 そうですね、どういう選択をしようと、そこから先は巡り合わせと努力ですよね。

勝谷 そうですよ。ぼくが医者になってたら、テレビに出て、すごいいい加減なコメントして、絶対週刊誌にスキャンダル出てたよ。

榎木 そんな気もしないではないですね。

小川 その子が経済学部に行ったからといって、家業をうまく継げるかは全然わからないですよね。

勝谷 家業が何かわからないけど資格がいらなければそれでいいんですよ。相撲部屋は金さえあれば継げるけど、医者は継げない。国家試験があるから。そのために私は人生が曲がってしまったんです。作家はね、資格がなくても継げますからね。

榎木　そうですね、そしたらずばり？

勝谷　お好きなようにすればいい。

小川　むしろ息子さんの気持ちをここで曲げてしまう方が、後々ややこしいことになりそうな気がしますね。

勝谷　そうです。しかし、小川さんは喋れる人だね。

小川　いえいえ。

榎木　癒しの雰囲気に包まれてますね。

勝谷　本当に今日はありがとうございました。

第三章

門上 武司

Takeshi Kadokami

日本では食は風俗なんです。
「食は文化だ」と認められていないのはおかしい。

Profile

1952年大阪市生まれ。フードコラムニスト。「あまから手帖」編集顧問。「水野真紀の魔法のレストラン」(毎日放送)に出演。著書「京料理、おあがりやす」(廣済堂出版)、「門上武司の僕を呼ぶ料理店」(クリエテ関西)他。

食は教養であり、コミュニケーションのツール

勝谷　あれ？　もう飲んだの？

榎木　あっ、つい……。

勝谷　全く酒好きなんだからなぁ。今日はもっと飲みたくなるようなゲストです。『あまから手帖』の編集顧問、というよりも日本の食の評論の代表格、門上武司さんです。どうぞよろしくお願いします。

門上　よろしくお願いします。

勝谷　何をお飲みなりますか？

門上　地元の櫻政宗の純米吟醸を。

榎木　普段は何を飲まれますか？

門上　料理に合わせていろいろです。和食の場合は清酒。ところで勝谷さん、今日の服装派手ですね。勝谷さんのイメージに赤がないんですけど。

勝谷　たまにはね。門上さんはいつもスタイリッシュでいらっしゃる。

榎木　蝶ネクタイがトレードマークになってますね。

門上　60歳過ぎてからこのネクタイにしたんです。

勝谷　ある程度年がいったら逆に着るものは華やかにしたほうがいいと、先日亡くなられた灘高の橋本武さんという伝説の国語教師が言われてたんです。亡くなられたときは100歳を超えておられて、ぼくが学生のころはもう既に60、70歳だったんですが、いつもピンクのシャツを着てた。人間がどんどん枯れていくんだから着るものは派手にしていったらいいんだよと。だから、君たちのような若い人間が派手な格好をすると恥ずかしいよと。プラスとプラスで打ち消し合うからということをおっしゃってましたね。

門上　ぼくもメンズショップの人に聞きました。20代や30代の人は、ジャケットは紺色とか深い色を注文する。年をとってオーダーする人は結構ピンクが多いんですって。

勝谷　明るい色を着ると元気になりますよね。大阪の食とファッションを代表するような、スタイリッシュな門上さん。ぼくも何年か経ったらこういうかっこいい、シルバーになりたいなと。

榎木　編集長は、ちょっとイメージが違うかな（笑）。

勝谷　門上さんは食に対する興味は、昔からあったんですか？

門上　父親は明治生まれで北海道出身、母親は大阪生まれで、両親共に食い意地が張っていたのでその影響はあると思うんです。

勝谷　ぼくは35歳を過ぎて会社をクビになったときに、フライデーという雑誌の一番後ろ、カラー四色1ページの連載をまるまる任されたんです。親からは、「食い物についてどうこう言ったり書いたりするのは卑しい人間だ」「男は黙って食ってればいいんだ」ぐらいのことを言われてたんです。

門上　なるほど。

勝谷　ところが、書き始めてみると取材相手の料理人たちが驚いてくれるんです。なんでそんなにわかるんだと。ふと気が付いたのは子どものころの舌なんですね。うちの親も食い道楽で、昔大阪にホテルプラザというのがありました。そこにフレンチレストランがあって、子どものころ、週一回くらい連れて行かれてたんです。

門上　それはすごいことですよ。

勝谷　今になっていろいろ取材をしたら、あそこから学んだという料理人の方が多いですよね。

門上　ある時期、本場のフランス料理を食べさせてくれるのは、ホテルプラザの「ル・ランデヴー」だと言われていたんですよ。東京の料理人もジャーナリストもこぞってその店の料理を食べに来ていた時代があったんです。

勝谷　ぼくは、それを30歳過ぎるまで知らずにきたんです。

門上　毎週食べてはったん？

勝谷　はい、ほとんど毎週でした。あとはロイヤルホテルの中華とか。ぼくは灘中・灘高時代、ずっと下から二、三番目くらいの成績で、その度に亡くなった母親が、「離乳食は宝塚ホテルのポタージュだったのに、どうしてこんな馬鹿になったの？」って言うんですよ。「そんなことするから馬鹿になったんだよ」って、ぼくはいつも言ってた。

門上　それはある意味、味の英才教育みたいなもんですね。その当時食べられる、そのジャンルの最高位を食べておられたわけですから。

勝谷　知らないままに。

門上　知らないとストレートに自分の体にバシッと入ってきますね。余計な先入観がないですから。

勝谷　親が医者ですから、ぼくに睡眠薬を飲まして寝かしつけるんです。その間に二人で車に乗って三宮に行って、ジルバ踊ってるわけですよ。いい時代ですね。

榎木　睡眠薬とはちょっとびっくりですけど。

勝谷　ぼくが言いたいのは、自慢じゃなくて、塾に行かせてお金をかけるのもいいけど、子どもに本物を食べさせるのもすごく大事だということなんです。

門上　大事ですね。見たり、聞いたり、触ったり、嗅いだりする五感の中で、ものを体に入れて感じるのは食べ物だけ、味覚だけですよね。食感、香り、五感をフル活動させるのは食べ物だから、それを疎かにするのはもったいない。

勝谷　おっしゃるとおりで、ぼくはグルメという言い方にかなり反発を感じているところがあります。いやらしい言い方をしますと、学問するものじゃないんですよね。ある種の教養なんです。今はすぐにインターネットで調べたり、情報誌を見たりしますが。まぁ、ぼくも情報誌に食のコラムを書いてて言うのもなんですけど。門上さんが書かれてる『あまから手帖』の連載が大好きなんです。お店との出会いや歴史、人について書いておられるわけで、何をどうこうした、こういう料理だってことじゃないんです。門上さんが今まで出会ってきた店の歴史、店と言うよりその料理人とどこで出会ったか、これが全てなんですよ。昔は美味しいものの話はかなりの作家しか書かなかった。

門上　そうです。

勝谷　その作家だから料理人も一生懸命作る。アポイントをとって取材に行って書くっていうものじゃないんですよね。

門上　いつからかそういう風になってきましてね。雑誌としてその成り立ちは仕方ないし、使命でもあるんですけど、やっぱりその料理人に惚れるとか、この料理人だからこういう会話も成り立つ、会話が無くても雰囲気とか、そこの人たちや周りのお客さんとの空気感が好きやからその店に行こう、となる。それが店との付き合いであったり、誰を連れて行くならこの店、という風に考えていくのが食べ物の楽しみみたいな。

勝谷　『あまから手帖』は、自分が行く店を探すのじゃなくて、小説の様に端から端まで読めるから読み物として楽しい。大阪の雑誌はすごいですね。ぼくは『ＭｅｅｔｓＲｅｇｉｏｎａｌ』に連載してるんだけど、興味の無いジャンルでも端から端まで読んでしまう。

榎木　あぁ、読んでしまいますね。

勝谷　何で食べ物の雑誌にこんなエロの話が載ってるんだって思うけども、隅から隅まで読んでしまう。これが大阪の食べ物文化の底力ですね。

門上　関西は単にものを食べるだけじゃなくて、食べることがコミュニケーションのツールなんです。ぼくらも店をいっぱい知ってるのが偉いと思ってる時期もありました。

勝谷　ありましたね。

門上　聞かれたら何でも答えられるよって。若いころは、ちょっと行っただけで知り合いみたいに言ってくれるのがかっこいいときもあってね。実際そこで、どんな話ができて、どういう楽しみ方ができるか、食べ物の世界の向こう側にはいろんなものが広がっていますよっていうことを伝えるの、それが雑誌やと思うんですね。

勝谷　大阪がすごいのは、昼間から岡室酒店の立ち飲みで飲んでる人でも、同じこと語ってる。キズシちょっと今日おかしいんちゃう？　酢加減おかしいで、みたいな。客がそんなことを言うのが大阪のすごいとこ。

門上　また大阪・京橋のディープな酒屋の名前ですね。

勝谷　みんな平等なんですよ。聞く客の側も料理人も、高級料亭の主人も立ち飲み屋のおっちゃんも、みんなちゃんとそれを真剣に聞いてる。

榎木　わかってるわけですね。

門上　関西が面白いのは、立ち飲み屋のおっちゃんも、料理屋の主人も、フランス料理のシェフもみんな仲間なんですよ。東京は、フランス料理の世界に序列があるんです。中華料理の世界でもそう。和食が文化遺産になったでしょう。関西は、例えば京都の老舗料亭「菊乃井」の主人、村田吉弘さんにも、村っさんとか村っちゃんって言って、大阪の焼き鳥屋の人が普通に喋れる。そういう連帯感みたいなのは東京とは全く違いますよね。

勝谷　料理人同士が仲いいんですね。さっき名前を出した立ち飲み店でふと横を見たら、有名な三ツ星店の料理人が飲んでたりしますね。深夜に料理人が集まる店、というのがあったりするし。

門上　これがまた濃いんですね。

勝谷　そこでまた切磋琢磨していくんですからね。

門上　この前、焼き鳥屋に行ったら、炭の組み方だけで2時間ぐらい喋ってる。

勝谷　あるある。

榎木　2時間もですか！

門上　下に水流したほうがいいんじゃないですかとか、備長炭は縦においた方がいいとか、焼き始めるまでに火は何時間前に点けとかないと、とか。

勝谷　予約が取れない有名店の親父が言ってるのかと思ったら、一本80円の焼鳥店の親父と語ってたりする。使ってる素材も客単価も全然違うんだけど平等に話してる。

門上　それが面白いんですよ。

情報を見分ける

勝谷　門上さんが食べ物を書くことを仕事にされるようになったきっかけはあるんですか？

門上　元々、ぼくはイベント会社にいましてね、漫才ブームのころに大阪のなんばCITYができて、吉本興業の人と歌のコンテストとかをやってたんです。吉本興業に田中さんという人がいましてね。

勝谷　あぁ、田中宏幸さんね。ぼくを吉本興業に入れた人。

門上　田中さんたちといろんなことをやりました。映画監督の井筒和幸さんなんかが関西の若手文化人と呼ばれてた時代で、ゴンチチなんかもまだデビュー前で、役者の辰巳琢郎さんも、まだ京大の学生でした。そういう人を集めてイベントをやって、終わると美味しいものを食べにいかなアカンなと。そういう時にぼくが店を選んでたんです。だんだん東京のゲストが来るようになって、「大阪へ来たら美味しいものが食べられる」となって、それをやってるうちに、よその仕事で来てるのに電話がかかってきて、「門上さん、うまいとこない？」って。「ほなちょっと行きましょうか」って、だんだん自分の中でリストが増えていった。そうすると雑誌の特集なんかで、店出してもらえへんかというのが、なんとなく重なってきたんです。

榎木　門上さんはフードコラムニストという肩書きですね。

勝谷　その上の世代になると作家ですね。

門上　作家は文章力ありますし。美味しい物を食べて舌が肥えてきて、それで書くというのが一般的だったんですね。そういう面では、かつて『あまカラ』っていう、すごい雑誌がありました。鶴屋八幡がスポンサーの小さい雑誌。そこに食べ物のことを書かないと文士として一人前でないというくらいの雑誌が関西にはあったんです。食べ物について書くということが作家にとっては一つのステータスという時代があったんです。まさか自分が食べ物のことについて書くことで生計が成り立つとは思ってもみなかったんですけど、自然な流れなんです。

榎木　すごいなー。

勝谷　その後、もっと軽妙なことを書かれる故・伊丹由宇さんとかが出てこられて、また一時代を画すところがあって。その後は、情報として伝えるライターの人たちが増えてきました。なかなか言いにくいだろうからぼくが言うけれど、ちょっとまたカルチャーが違うんですよ。ぼくらの場合は、時々出版社の経費で食えたらいいなぐらいのつもりで書いてるんです。それが職業になっちゃうと、一日何軒もアポイント取ってこなさないといけなくなる。一時期情報誌の時代があって、たくさんの何とかウォーカーとかがあって、それがまた一回終わって。残ってるのはカルチャーとしての、読んでも面白い『あまから手帖』とか『Ｍｅｅｔｓ Ｒｅｇｉｏｎａｌ』みたいな本。これは面白いと思いますよ。

榎木 そうですね。情報誌がどんどん減ってきてますよね。ネットの方が便利で圧倒的に早い。

勝谷 ネットは参考にはしてもいいけど、匿名で書いてるものはね……。門上さんが美味しいって言うなら、美味しいんやろなあとか、外れたとしても、門上さんが言ってたんだから仕方ないなあぐらいのつもりで行くわけですよ。でも、絶対に外れないですよ。店の主人の人物像を見てるから。

榎木 言葉だけで伝わってきて、ものすごく行きたくなります。

勝谷 情報っていうのは人についてくるんです。この人が行くんやったらってね。なんで門上さんが行ってるのに俺行ってへんねんってね。門上さんが行くとこへ行くと時々財布が泣くけどね。ぼくはケチだから。

榎木　でも、舌を鍛えるためにはそれも必要ですね。門上さんは年間どれくらいお店に行かれるんですか？

門上　自分でも嫌になるんですけど、のべ千くらいになってしまうんですね。

勝谷・榎木　えー！

榎木　千ですか！　1年は365日ですよ。

門上　350日くらい外食してるんでね。今日もこのあと明石へ行って三軒くらい、それで京都行って夜ご飯食べて、明日は東京へ行ってとなると。

榎木　一日三食ほとんど外ですか？

門上　朝は家で食べても、確実に昼夜は外で食べますよね。コーヒー屋さんやお酒飲むとこにも行くし、旅の仕事だと、どうしてもちょっともう一軒行こうとなるんです。自分でも、これはどうかなと思いますよ。60歳過ぎてますからね。

榎木　体調は大丈夫ですか？

門上　まあなんとかね。脂っこいものが好きなんで、胆のう結石で胆のうは取りましたけどね。

榎木　取ってまでもこの仕事をずっとやりたいと。

勝谷　アスリートが膝の半月板をやるみたいなもんや。

榎木　そうですね。でも、美味しい店ってどうやって出会っていくんでしょうか。

勝谷　これは、響き合いだわやっぱり。

榎木　響き合い？

勝谷　さっき言った、人についてくるということ。門上さんが気にしてる店だったら行ってみた方がいいかなと思ったり。

門上　ぼくやったら「勝谷さんがもう行ってた、クソー」と思ったりするわけですよ。

榎木　お互いの情報を意識しつつ。

門上　そういう人が何人かいるわけです。ものを書いてる人だったり、酒屋だったり、食材を卸してる人とかね。そういう人はいい所を知ってる。あそこ若い子、すごくできるんやけど今度独立するみたいって聞いたら、行っとかなあかんなとかね。

勝谷　料理人のコネクションとかね。あと、蔵元が行く店。地方に行ったときに、うちのお酒はここで飲んでくださいって店に蔵元と行くのが最高。

門上　それは間違いないですね。自分のとこのお酒を一番いい状態で食べ物と合わせてくれるっていう所でないと蔵元は行きませんよね。

勝谷　お互い切磋琢磨していて、料理人はその酒に合わせる料理を作ろうと思うし、蔵元はそれに合う酒を造る。

榎木　ネットの情報はどうですか?

勝谷　ネットも入口としてはいいと思う。問題はそれを見分ける目なんだ。見分ける目はね、例えば門上さんの目線っていうのは本で見てるとだいたいわかってくるし、ぼくの目線っていうのもどういうとこに惹かれてるかわかるでしょう。これが一つのフィルター。

門上　それが自分となんとなく共感できるなって響く人なら、まず間違いない。ぼくなら何人かのカメラマンであったりとか。やっぱりそういう人間がいるんですよ。

勝谷　これは素人さんの中にもいるんですよ。このブログを書いてるこの人の舌は良いなって、これは業界秘密ですけど（笑）。

榎木　あるんですね。

勝谷　それは、その人についてくる。この人の舌はいけるなと思うんですよ。この人がプロにならなきゃいいなって思う。

榎木　脅威を覚える人なんですね。

門上　どこにでも達人はいるんですよ。さっきの立ち飲み屋で語ってる人でもね、昔はね、

「兄ちゃん、その食べ方と違ってこっちの方がええで」みたいなことを教えてくれる人がいたわけですよ。町のいろんなところにそういう達人がいて、たまたまぼくらはこれを職業にしてますけど、そういう人はいっぱいいるんで、そういう人たちと出会えるってことがまた面白いですね。

勝谷　しかも町の達人はみんな身銭で食ってるんですよ。経費渡すからこれで何軒行って来いっていうのと違うんですよ。ノルマこなしてるわけじゃないから、その真剣さって尊敬に値しますよ。ぼくは一日一食ですから、ほんとに一期一会なんですよ。無駄な食い物は食わない。つまり、これでもいいかって食い物は絶対食わないですよね。まあいいやここに入っとこかってのは無い。

榎木　とりあえずが無いってことですか？

門上　わかります。ぼくらもそれは無いですけど、たまに外れることがありますね。胃袋は膨れてるんですけど、気持ちが満たされない。このときの悔しさは、俺の人生をどうしてくれんねんぐらいですよ。別に一食食べなくても生きられますけど、人間にとって食べるってことはどれだけ大事やねんと。

勝谷　ルパン三世の五右衛門が、「またくだらない物を切ってしまった」っていう感じで、もったいないけど箸を置いて出ることがあります。あるいは一杯目のビールだけで、店の雰囲気が違ったなと思ったら、ごめんねって出ますね。そうしないと体がもたない。

榎木　それがまたお店のためにもなりますね。

勝谷　それがわかってくれるほどの店だったら、もうちょっとちゃんとして欲しいなって思いますね。

門上　そういう店では絶対一杯目で出ることはしないようにします。

勝谷　そういうとこやったら「何か失礼がありましたか?」って言いますよ。「ごめん、このビールグラスちょっと匂い付いてない?」みたいなことを言ったら、ハッと気がついてやり直す店はもちろん座りなおして、「ありがとう」って。

榎木　食に対するこだわりですね。

勝谷　いやらしいだろうね、見てる人にとっては。和食は、エッセンスがどんどん煮詰まってレベルが上がってるし、日本酒もレベルが上がってる。まるで種の保存みたいに、それこそ自分たちの保存本能があるみたいにどんどん良くなってると思いませんか?

門上　日本酒はたしかに、昔はそれこそアルテン（アルコール添加）とか。

勝谷　三増酒とかありましたけど。

門上　これだけいろんな種類が出てきて、飲む温度が凍結酒から熱燗まで温度差を楽しめるお酒って日本酒しかないですよね。

勝谷　搾りたてから熟成酒までありまして。

門上　燗にもいろいろ種類があって、熱燗、ぬる燗、ひと肌燗ってね。

勝谷　料理人がまた工夫をして、お燗を売りとしてる店もあるんですよ。大阪にね、「燗の美穂」っていうお燗の美味しい店があるんです。大阪の日本酒のレベルはすごい。もうびっくり。

門上　一時期、冷やってよく言われました。マスコミが冷やって言うと、東京の場合はみんな冷やになります。大阪は違って、俺らはやっぱり燗がええねんと。それはちゃんと主張しようと。だから燗の店をやるんだとなる。これはね大阪の文化やと思うんですよ。ラーメン屋さんでね、東京で修業して帰って来た人が、関西はラーメン屋のバリエーションが多くてびっくりしましたと。東京では、塩ラーメンが流行るとみんな塩ラーメンになる。でも関西は、塩が流行っててもうちは味噌がいい、やっぱり豚骨やでって、自分たちが美味いと思ってるものを主張するんです。これはびっくりですよって。日本酒もそうですね。流行りだけやないんです。お客さんにどうやったら楽しんでもらえるかっていうことを徹底的にやってる店が多い。

勝谷　ぼくはいつも「ラベルで飲むなベロで飲め」って言ってるんだけど、東京の人はラベルで飲んでしまう。一時期冷酒ブームで東京は盛り上がったけど、結局広がらなくてね。あれで一回、日本酒がダメになったんですね。それでとことん底打って、若き蔵元たちがもう一回立て直した。料理業界も若手が頑張ってますね。

門上　30代で独立した人たちが情報交換したりして仲がいいんですよ。

勝谷　結構イベントなんかをやってますね。日本酒もしょっちゅうイベントやってて、横の繋がりがすごいんですよ。

門上　燗だけの酒でフェスティバルやると何百人も入れるホテルの宴会場が満杯になったり、居酒屋を何軒もハシゴするイベントがあったり、めちゃくちゃ面白いですよ。

勝谷　デフレで日本は元気がなくなったけど、一つ良かったのは、お店を借りるのが安くなったり、食材も安く入るようになって、若い子たちが店をやれるようになった。アベノミクスとか言ってるけど、ひょっとしたら次のパワーはそこで貯めたエネルギーを彼らが出してくれるかもしれないと思ってます。

門上　蔵元も今までとは違う戦略とかかね。

勝谷　そうなんですよ。

門上　今までは自分とこの酒はこれやから、こういう売り方しかしないと言ってたのが、もっと違う売り方があるんちゃうかとか、違う飲み方があるんちゃうかとか、いろんなジャンルの料理人と交流することによって、こうして欲しいとか、ひょっとしたら海外でもいけるんちゃうかって、そういう面ではフットワークがめちゃくちゃ軽いですよね。

自分の五感で判断する

門上　羨ましかったのが、勝谷さん自分で写真撮っておられた時期があったでしょう。日本写真家協会にも入って。

勝谷　今でも会員です。

門上　ぼくは実は高校のとき写真部でね。カメラマンになりたい時期もあったんですよ。写真と文章と両方やったらなんとか行けるんちゃうかなと思ったり。勝谷さんの連載を見たときは……。

勝谷　しかも中判カメラ、ブローニーです。

門上　機材が重くて大変なんですよ。それを意地のように使ってはった。実はね、ごっつう悔しかったんです。

勝谷　ありがとうございます。

榎木　今だから明かされる。

勝谷　料理写真って難しいんですよ。亡くなられたけど、ぼくの師匠の菅洋志さんが、「生きている料理写真を撮れ」って。つまりセット作って三脚立てたら綺麗に撮れるけど、それは死体を撮ってるようなものだって言ったの。そうじゃなくて自分がガッと食いにいくときの、その空気を撮れって、それでブレない為にどうするかを逆算して。今だったらデジタルでどうにでもなるけど、あの頃フィルムでそれをやるのが楽しかったですよ。

門上　技術がどうこうより、何かが伝わってくるんですよ。

勝谷　情熱なんですよ。

門上　自分が食ったときの記憶をたどって、重たいカメラで食い物を舐めまわしてはんねやろなっていうのが出てくるんですよ。

勝谷　よくわかってくれてる、嬉しいなー。

門上　自分がやりたかったことですから。

勝谷　だからぼく、テレビでも食べ物ロケはうるさいですよ。角度からレフの位置から、持ち上げ方から。

榎木　否定しません。いつもロケのときはそうだから、こだわりがものすごくあるのがわかります。いかに美味しく見せたいか。

勝谷　せっかく料理人が作ってくれてるんだから。

門上　できあがったときが一番美味しいわけやから、できるだけ早よ撮らなアカンとか、食べるときも早よ食べなアカンとか。

勝谷　あとから霧吹きしたりするのは八百長や。

榎木　でも今の時代、偽装問題とかもあるじゃないですか。そういう面で、食に関わる人たちって大変なんじゃないかなと思います。

勝谷　さっき言った「ラベルで飲むならベロで飲め」の、ラベルの方にいっちゃうとああなるんですよね。面白いのは立派なホテルとか立派な百貨店ほど、偽装に引っかかってる。黒板にその日のメニュー書いてる居酒屋では起き得ない。今日入ったものを書いて、無かったらごめんな今日入らんかったんやと。

門上　売り切れたら消せばいい。

勝谷　だけど、グランドメニューを作ってるところは、消すに消せない。

門上　ラベルではなく自分の舌と五感を鍛えることがちゃんとできてればね。偽装するのは良くないことですけど、食べる側も自分の味覚をどこまで鍛えられるかですよね。

勝谷　恥をかいたのは、そういう大きなホテルや百貨店もだけど、食べ手も同じ。わかってなかったということだから。大阪人はわかってるよ。ああ恥ずかしいなって。

門上　騙されてたって。

榎木　そうなりますよね。でも私も舌を鍛えてるという自信はないですから、これからどう鍛えて行くべきか。

勝谷　いやいや、鍛えるとか鍛えないじゃないんだよ。

門上　北海道出身のぼくの父親はご飯に牛乳をかけて食べてたんですよ。

榎木　給食のときにいましたね、そういう男の子。

門上　北海道のと比べたら大阪の牛乳は薄いって言うんですよ。牛乳を生で飲むのは当たり前ですが、「この酸味は生で飲んだらお腹壊すかもしれへんから、火入れて飲んだらええわ」とか、それこそ自分の五感で、舌で判断してるわけですよ。ある意味、それができてるとそんなに騙されることはない。

勝谷　コンビニで夜、日付見ながら捨ててるじゃないですか。あれが本当に切なくて。昔やったらおばあちゃんが、これくらいならいいかな、みたいな。

榎木　やっぱりラベルに頼ってしまいますね。賞味期限今日どうかなって。

勝谷　モンスターって言われる方がクレームをつける世の中だからね。でも食べ物に対してギスギスしない方がいいと思う。お互い様で。

門上　もっとおおらかに。

榎木　普段から目に見えてるものに囚われすぎなんですかね。

日本では食は風俗

門上　ぼくは「食は文化だ」って言ってるんですけど、日本では文化と認められてなくて、風俗なんです。水商売。

勝谷　確かにね。

門上 料理屋の主人が仲居さんにお前ら風俗嬢やでって冗談を言うわけ。

榎木 あれ？　勝谷さんは風俗ライター。

勝谷 そう、俺は風俗ライター、そっちの人だから。

門上 人間国宝も料理人から出たこと無いでしょう。

榎木 そういうくくりの違いがあるからですか？

門上 文化じゃないんですよ。歌舞伎役者、陶芸家、噺家は人間国宝として認められるんですよ。でも料理人は誰ももらってない。

勝谷 フランスの勲章をもらっても日本では全然。

門上 昔、料理屋さんの奥にお布団がひいてあって、という時代の法律がそのまま残ってるわけです。

勝谷 食文化という言葉だけが偉そうにある。

門上 文化として国は認めていないから人間国宝も得られない。

勝谷 門上さん、ぼくらの余生をちょっとそこに捧げましょうか。

門上 はい、本当にそうです。まだもう何年かは元気で行けそうなんで（笑）。

榎木 がんばったらなんとか認めてもらえるんでしょうか。

勝谷　いやこれね、警察の利権とかが絡んでてね。例えばの話、飲み屋の女将さんが横に座って、私もいただこうかなって言ったら「風俗営業法違反！」ってなる。

榎木　そうなんですか。

門上　そういう法律が厳然とあって、無形文化遺産に出そうというときに、あんたのとこの国が文化として認めてないものを、なんでユネスコが認めないとアカンのですか、ということになった。だから京都は特区申請をして料理は文化として認めてくださいと言うことを陳情して、府から政府に言って、ようやくあの形になったんですよ。

勝谷　フランスのタイヤメーカーが勝手に星を付けてるのに、日本では文化として認められないという不思議な状況。食は日本のソフトパワーとしては資産としてもすごいですよ。

門上　人を呼びこむ力としても、ものすごく大きいし、食はすごいエネルギーとパワーの源であるはずです。

勝谷　今日は前向きな結論になりました。これから日本の食を文化として発信して行くために、私と門上さんが頑張ります。

【お悩み相談】

榎木　30代男性からの悩みです。「結婚して5年が経つのですが、妻の料理が口に合いません。結婚当初は我慢したり、こっそり味を加えたりしていたのですが、それも面倒になって、最近は上司に誘われたと言って外で食べています。お小遣いも限られていますし、何かよい解決策はないでしょうか」

勝谷　これは深刻だな。

榎木　お二人はこんな経験ありますか？

勝谷　ぼくだったら、家を出ちゃうよ。5年もよく我慢するよ。

門上　口に合わないのは、当たり前ですよ。それぞれの家庭の味があって、何十年もそこで培ってきた胃袋と舌が相手のものを簡単に受け入れるわけがないんです。

榎木　はい、スタッフにもお母さんの味と違うっていう旦那さんがいて、奥さんがそれに合わせて頑張ってるんだと。

門上　それ一番言ったらアカンことですよ。

榎木　でもよくありますよ。

門上　これからの人生をその人に委ねなアカンのに、そんなこと言ったらアカンわけですよ。

榎木　やっぱり育った味にして欲しいんですよね。

門上　これは実は簡単。

榎木　簡単？

門上　このケースはご主人の怠慢です。外食したらいいんです。

榎木　え？　外食されてるみたいですけど。

門上　ご主人一人でじゃなくて奥さんと一緒に外食するの。あなたの料理がどうこうということではなくて、第三者の料理に対して「これちょっと塩濃いな」とか言ってみる。奥さんが「そう？　私はこれぐらいが丁度いい」って言うと、この人はこれぐらいの塩加減が美味しいんやって思ってはるなと。それを繰り返していくんです。当事者ではなくて第三者が作った料理に対してお互いの意見を出すと、だんだん二人の共通項ができてくる。そうしたらどちらの家でもない、新しい家庭の味が生まれてくる。別に高い店でなくても、奥さんを外へ連れて行って、料理について共通項を見出していったら、お互いが納得行く料理ができてくる。

榎木　なるほど、第三者の料理だったらお互い自由に言えますもんね。

勝谷　味なんてものは一番表現しにくいものであって、例えば映画監督が「俺のイメージと違うな。助監督、もうちょっとふわっと」って言っても何言ってるかわからないでしょう。でも、具体的な絵コンテがあれば、そこに近づいて行くわけだよ。特に味のことでは、そうしないと絶対わからない。お互いに。

榎木　すごい。

門上　あんたの味が悪いとか言ったら喧嘩になるからね。

榎木　5年経っているということですが、まだ間に合いますか。

門上　まだ間に合います。

勝谷　料理人と仲良くなったら、「これ美味しいですね。どうやって作るんですか?」と聞くと、大喜びで作り方教えてくれたりしますよ。そしたらプロに教わったんだから奥さんは自慢ですよ。

榎木　そっか、相談者だけじゃなくて、世の中の夫婦の皆さん、素晴らしい解決策ですよ。参考にしてください。

第四章

尼川 タイサク

Taisaku Amakawa

合議制で物事を決めるミツバチは、
高度なコミュニケーション能力を持っています。

Profile

1943年生まれ。神戸大学名誉教授。専攻は動物行動生理学、神経生物学。定年後、琵琶湖のほとりマキノ町で「人類の知的な友人」ミツバチを観察・研究する日々を送っている。著書に「マキノの庭のミツバチの国」（西日本出版社）。

ハエの研究者がミツバチを飼う

勝谷　今日は理系の人です。ぼくの本を出してる西日本出版社ってとこから『マキノの庭のミツバチの国』っていうメルヘンな本を出された先生。

榎木　これ可愛らしいですよね、イラストも。

勝谷　ぼくのところにいろんな出版社が送ってくる本って、大体が危ない人が危ないことを言ってるものなんですよ。こんなメルヘンな話はめったに無くて、まんまと西日本出版社の内山社長の策略に乗せられた（笑）。

榎木　何てことを！

勝谷　この本の著者、尼川タイサク先生です。どうもようこそ。

尼川　こんばんは。

榎木　最初から圧倒されてるかと思うんですが、飲んだら落ち着きますのでね。まず最初に選んでいただきましょうか。

勝谷　いいホステスになってきたな（笑）。

尼川　角瓶の水割りをお願いします。

勝谷　水割りといえば角ですね。よろしくお願いいたします。ぼくは大学は文系なんですけど、地質学やってたりとかハンパな理系でして、こういう話は本当に面白い。先生はもともと神戸大学にお勤めで。退官まで神戸大学の教授でおられた。

尼川　ええ、35年おりました。

勝谷　学者の方で一つの大学で35年っていうのはなかなか珍しい。

尼川　そうですね。

勝谷　神戸大学に勤められて、お住まいも神戸で。それで退官されて、なんでまた滋賀県のマキノなんでしょうか。琵琶湖の西側の北の方ですね。

尼川　はい、豪雪地帯で、一日で肩ぐらいまで積もる日もありました。

勝谷　えー！

尼川　雪かきが大変で1日3回ぐらいやらないといけなくて、結構重労働です。

榎木　そんなに降る地域なんだ！　そういう所を選ばれたのはなぜなんですか。

尼川　定年になったし、夫婦共に田舎で育ちましたから。妻は天草で私は小学生までは宮崎県の日向市という所にいたんです。

榎木　宮崎県日向市ですか、同郷です！

尼川　偶然ですね。

勝谷　マキノとのご縁は何だったんですか？

尼川　阪神淡路大震災です。あのときにいろいろストレスがかかって、それでたまたまですけど、琵琶湖の北部に旅行して、気に入っちゃった。四季がはっきりして、古墳とかいろいろありますし、もう楽しくて。

勝谷　前に村井康彦先生（カツヤマサヒコSHOW vol.2に掲載）から聞いたでしょう。

榎木　はい。難しかったですけど面白いお話でした。

勝谷　出雲王朝は日本海側から入ってきたんじゃないかという説。古代の人たちは実はあそこが通り道で、だから湖北にはお寺がたくさんあって、非常に文化遺産の多い所です。

尼川　渡来人が住み着いたという所です。

勝谷　そうなんです。渡来人は日本海から来るわけだから、文化的にも非常に面白い所。そこでミツバチを。

尼川　ええ。勧めてくれる人がいて、それなら飼ってみようかと。飼った経験は無かったんですけどね。

勝谷　普通はミツバチを飼った経験は無いですよ（笑）。

尼川　私自身は長年ハエの神経のメカニズムを研究していまして、昆虫だといっても全然異質のものですからね。だけどやってみたらとても面白くて。

勝谷　何も知らない私たちのために教えていただきたいんですが、そもそもミツバチはホームセンター行って買ってくるわけではないですよね。

榎木　売ってない、売ってない（笑）。

勝谷　ペットショップでも売ってないわけだから。まず何から始めるんですか。箱を作るところから？

尼川　あのですね、ミツバチっていっても日本では2種類いまして、明治時代にヨーロッパから入ってきたセイヨウミツバチ。養蜂家はそれをもっぱら使ってます。あと、土着の昔からのニホンミツバチね。これはもう何とか生き延びてるというくらいで。

勝谷　ということはブラックバスみたいに外来種があとからきて、土着のものが駆逐されつつあるみたいな。

尼川　そうですね。そんな状況が続いているんです。セイヨウミツバチだったら巣箱に働き蜂と女王蜂両方が入って箱ごと買えるんです。

勝谷　セットで売ってるんだ（笑）。
尼川　ニホンミツバチの方は数も少ないし、営業としてやってるところはほとんど無いと思います。だからどういう風に手に入れるかというと、待ち箱と呼ばれる巣箱にルアーという、蜂を引き寄せる誘引剤を入れて置いとくんですね。
勝谷　誘引剤って一種のフェロモンみたいなものですか？
尼川　そうです。擬似的というか。
勝谷　擬似の。だからルアーなんだ。
尼川　それを置いておくと入ってくる。確率は低いんですけどね。時期はやっぱり巣別れの時期で、４月の終わりから５月の初めごろ。
勝谷　分家するわけですね。
尼川　そう、分家して、当主というのがいわゆる女王蜂ですね。お母さん蜂なんですがそちらが出ていくんですね。巣箱の半分ほどの大勢の働き蜂を引き連れて。
勝谷　木に玉を作るっていいますね。
尼川　蜂球《ホウキュウ》と言うんですが、元の古巣からすごい勢いで出てくる蜂で空が暗くなるぐらい。とりあえず近くの木の枝に固まってとまるというようなことをしますね。

勝谷　先生の本を読むと、そこから偵察隊みたいなのが出て、情報を集めてくるんですね。
尼川　そうです。新しい巣としていいところを探す。
尼川　実際に空箱置いてると、ピューと一匹飛んできて中をじっくり検分して帰ります。
榎木　偵察してるんですね。
勝谷　家を替えるときに何軒か見るのと同じだよ。不動産屋の下見だよ、下見。水回りとか日当たりを見て。
榎木　面白い。
勝谷　いい物件だと思ったら皆を連れて来てくれる。
榎木　大家族で来るんですね。
尼川　ええ、仲間の所に戻ったら、情報をダンスで他の蜂に知らせる。その場所への距離とか方角がちゃんとダンスの中に込められてますから。
榎木　徐々に集まっていく感じなんですか？
尼川　いやいや、一気に来てくれますよ。
榎木　一気に！　すごい。

ニホンミツバチの闘い

勝谷 蜜の味はニホンミツバチとセイヨウミツバチで違うんですか？

尼川 違います。ニホンミツバチの蜂蜜は、甘さも香りも非常にいい感じで、最近人気が出てきています。

勝谷 対馬とか奄美大島に行ったときに、森の中にかけてある巣箱があって、それがニホンミツバチだって聞いたことがあるんですが。

尼川 多分そうでしょうね。

勝谷 効率は悪いんだけど、外の人には教えないぐらい抜群に美味しいのが採れると聞いて、昔の日本人はこういう養蜂をやっていたんだなって思いました。

尼川 農家が一家に一台のように、巣箱をちゃんと用意してた時代がかなり続いていました。

勝谷 養蜂家というより、農家の片手間で米作りしながら野菜作るように、米作りしながら蜂蜜集めてたみたいな感じだったんですね。昔は砂糖なんて本当に貴重品だったから、甘いものっていうとおそらく蜂蜜しかなかった。

尼川　そうですね。

勝谷　巣箱にいろんな災難が降りかかってくるわけですね。外敵とか気候的なものとか。

尼川　いろんな要因があるんですけど、天敵といえばスズメバチです。うちだと3種類ぐらい来ますが、下手すると巣箱ごと乗っ取られますね。

勝谷　スズメバチの狙いは何なんですか。蜂蜜なんですかね。

尼川　いや、やっぱり幼虫が一番。肉食ですし、いいタンパク源ですからね。

勝谷　それを防衛するために働き蜂が立ち向かっていくわけですか。

尼川　でもオオスズメバチはくせ者で力が強くて、なかなか太刀打ちできません。

勝谷　B29に立ち向かうゼロ戦みたいなもんで、ばったばったと倒されていっちゃう。

榎木　編集長ならではの例えです。

尼川　ただやられっぱなしじゃなくてね、そこは大勢で立ち向かうんです。セイヨウミツバチと違ってニホンミツバチはスズメバチに対する方策があって、うまいこと誘って取り囲んで蜂球を作るんです。すると中のスズメバチは暑いもんですから、苦しんで結局死んでしまう。布団蒸し作戦です。

勝谷　門番もいるんですよね。

尼川　そうです。チェックしてます。

勝谷　本当に不思議なんですけど社会性を持った昆虫ですね。先生は蜂は特別だとおっしゃったけど、ハエを研究してらっしゃって……。

尼川　ハエと蜂は社会性が全然違います。ハエは結構数は増えるんですけど、お互い知らん顔。ただ美味いものがあればそこに集まるから、なんとなく社会性があるように見えるかもしれないけど全然共同しないんです。

勝谷　蜂は不思議なことに社会性がある。人間の場合だったら遺伝子で役割が決まっていくとかありますが、蜂の場合はどうやってその様々な役割のものができてくるんですか。

尼川　女王蜂が娘をたくさん産むんです。

勝谷　その娘は最初から、卵のときから娘なんですか。

尼川　受精卵なんですが、女王蜂が一度巣箱から出て、オスたちと交尾して戻ってくるんです。そのときに一生分溜め込んで。

榎木　オスたち、とおっしゃいましたが、1匹じゃなくて。

尼川　いろいろありますけど10頭から多くて20頭かな。

勝谷　多様な精子が入るわけだ。

尼川　そこがいいとこ。

榎木　いいところ？

勝谷　競争があるから？

尼川　いや多様性があるからです。女王蜂が産んでるから母親は同じなんですが父親はいろんなのが入ってきてる。そのいろんな個性を活かしてるんです。敏感なやつもいれば鈍感なやつもいる。敏感なやつはすぐ反応するけど鈍感なやつは事態が深刻化したときに初めて働く。

榎木　面白い。それぞれ性格があるということですね。

尼川　いろいろな個性を使っている。

勝谷　人間の場合は女性が一生分の卵子を持っている。それが順番に排卵されてるけれども、その逆というか、一生分の精子を溜め込んでいってというのは面白いですね。生物っていろんな進化の仕方があるもんですね。

尼川　オスの精子を入れて受精させたのがメスになって、そうでない精子を入れないやつがオスになるんです。産み分けができる。

勝谷　単為生殖みたいなもんですか。

尼川　オスの方はそうですね。

勝谷　オスの方はということは、単為生殖とそうでないのを一つの個体でやってるわけ。

尼川　そうです。

勝谷　極めて珍しい生き物ですね。

尼川　ええ、生殖のタイプとしては珍しい。

榎木　生まれたときにある程度運命が決まっているということになりますか？

尼川　それはそうなんですが、面白いのは遺伝的に同じでも、最初から女王蜂になるということはないんです。決定的なのがローヤルゼリーです。あれをずっともらうかもらわないかで遺伝子のスイッチが切り替わる。大抵のものは働き蜂になります。同じ娘なんだけどもらうものによって違うんです。

勝谷　後発的に遺伝子が切り替わるというのは大変なことで、今後、研究の可能性を秘めている分野ですよね。

蜂はコミュニケーションがとれる

尼川　働き蜂は仲がいいんですが、王権争いはあります。

榎木　娘同士の争い。

尼川　女王蜂は特別な待遇を受けて、王台の中でずっとローヤルゼリーで育てられる。そして時間をかけて羽化するんですが、そのときに勝ったやつが女王蜂になるんです。

勝谷　王台っていうのは、要するに玉座があるわけよ。その下に育児室があって、ローヤルゼリーをもらうのは1匹だけじゃないから、何匹か女王蜂の可能性がある。

尼川　そうですね、7から10ぐらいですかね。スペアが用意されてるんです。

勝谷　それが壬申の乱みたいなこと起こすわけよ。

尼川　一番最初に出てきた蜂が、妹がいるところに行って殺すんです。食い破って。

勝谷　そこがまた人間的。昔の王室なんかにある話そのまま。たまたま上手く別れる場合もあるんですね。

尼川　そうなんです。お姉さんが出てきて、ピーピーピーって鳴くんです。そうするとまだかえりきらずにいる妹がグウグウっていう音を出すんです。それで、諦めてお姉さんの方が出て行く。最初は母親が出て行ってるんですけど、その次に第二分蜂。

勝谷　めちゃくちゃ人間的でしょう。

榎木　そうですね、妹に譲るなんて優しいお姉さん。

勝谷　蜂たちの社会性って役割分担だけだと思ってたけど、もうそれ以上の社会性。なんか感情があるかのような。

榎木　感情があるんですか？

尼川　最近わかったことです。2007年ぐらいかな、私も昆虫をずっとやってきたから本当に意外なんですけどね。だって昆虫に感情なんて、それこそ眉唾というか信じられない。ただ、蜂は飼ってるとやっぱり感情を感じるんです。聞いてくれるし優しいし。巣の前でうろうろしてると邪魔だよって、ピーピー音がしてね。蜂を飼ってる人は、感情があるって言うんです。そういう風に思い込んでる可能性はあったんですが、昆虫学の研究で、普通のレベルよりもストレスっていうか悲観的になるとわかった。しかもそのときに、脳内の伝達物質でセロトニンとかドーパミンとか、そういう分泌が下がってる。それが人の場合の鬱病の特徴にもなる。

勝谷　面白いな。

尼川　そういう研究が出ると、やっぱり感情の原初的なものはあるのかなと。

勝谷　冬の寒いときに、迷ってうろうろしてる蜂を先生が心配してる様子も、ある種人間的っていうか、夜寒い日に徘徊してる人を見てるような、心配になっちゃう感じがありますよね。

榎木　全てが人間に例えられるんですね。

勝谷　でも蜂はかなり特殊ですよね。

尼川　特殊です。昆虫の中でもミツバチの社会性は、集団で相互作用する中で発達してきたんじゃないかと。コミュニケーションは相手あっての、集団あってのことだから、その中でどんどん発達してきたんじゃないかと。

榎木　となると一番頭がいい虫ですか？

尼川　だと思いますね。

勝谷　コンピューターの業界でクラウドという集合知がありますが、要するにクラウドなんですよ。アナログなクラウドっていうか、皆の中でお互いの知恵を交換することで、一つの脳は小さくても全体として大きな知恵を持っていることになる。

尼川　よく知っておられる。というと失礼かな。もう私喋ることなくなっちゃう（笑）。

勝谷　先生の本を読んでそう思ったんです。

尼川　あとでしゃべろうと思ってたんですけど（笑）。

勝谷　我々がクラウドを得たのは、インターネットというコミュニケーション手段を持ってからで、ごく最近のことです。ひょっとしたらミツバチの方が先にそれを持っていた。となるとやっぱりコミュニケーション手段が大事ということです。

榎木　小学校で習った、８の字ダンスはコミュニケーションですか？

勝谷　それって、要するに組み合わせで、１と０の組み合わせみたいなものを無数に組み合わせることによるシンプルなものだと思っていたわけ。だけどミツバチを見るとひょっとしたらもっと複雑なことを言ってるんじゃないかと。

尼川　そうですね、そういう研究対象になってますね。

勝谷　言葉に近いものをもってるんじゃないかと。

尼川　もちろんダンス言葉と言われる8の字ダンスは、普通だったら蜜のありかですよね。花の蜜はどこがいいのかというのをそれぞれプレゼンするわけです。それだけじゃなくて、実は水が必要なときもある。暑いときに水を運んで来て羽ばたいて蒸散させて、エアコンみたいに温度を下げる。樹脂が必要なときもある。つまり餌だけでなく融通性があるのが言葉なんじゃないでしょうか。新しい住処を探す場合にも使う。それを言葉だというと反発する人もいるんですけどね。

勝谷　言葉というのは我々がたまたまコミュニケーション手段として獲得して使ってるだけで、この言葉が最高かというのは、実はウェブによってもう否定されていて、流行ってるアプリのＬＩＮＥ、あれ言葉か？　って話でしょう。

榎木　実際に喋ってるわけではないですしね。

勝谷　だからどこの蜜が美味しい、どこの新しい家がいい、って様々なプレゼンをするわけですよ。これ価格ドットコムなんですよ。

榎木　えっ、価格ドットコム！

勝谷　だから人類はやっとミツバチに追いつきつつあるのかもしれない。人類は、例えば性欲があるとか無駄な方向にいってるわけだけど、シンプルに衣食住。まあ衣はないけど。食住に関して極めて先鋭的に進化していくとこれでいいのかもって。

榎木　ミツバチに学ぶべきですか。

勝谷　巣分けのときみたいにちょっと情も入って、鳴くことなんか面白いじゃないですか。ダンスで決めていたことを音でコミュニケーションする。音っていうのは非常にアナログ

なものですよ。だから感情とまで言わないけど、デジタルじゃない要素が入ってくること
で、鳴きやんでもひょっとしたら殺しちゃうお姉さんもいるかもしれないし。

榎木　裏切りに近いこともあるかもしれないんですね。先生が蜂から一番学んだことって
何ですか。

尼川　やっぱり蜂が会議をするところですね。会議と言っていいのかはわからないけど、
それぞれが得た情報をダンスでプレゼンして、その中から一番いいものが選ばれる。情報
を競い合うんですよね。見物者もそれを見て実際に行って、よかったら戻ってきて自分も
同じダンスを踊る。そういう風にフィードバックをかけて、いいものを集団知とか集合知
とか言いますけど、それをフルに使ってるところがすごいじゃないですか。

勝谷　蜂の方が今の日本人のデモクラシーより上をいってるかも。つまり集合知はあるん
だけど自分で検証に行かない。人が言ったこと、ウェブ上にあることをそのまま信じてし
まってる。こっちがいいと誰かが言えばそっちにどっといく。蜂は自分で見に行って「そ
うだな、こっちに一票」って。選挙だったら候補者の声を聞かず、選挙広報を読んで考え
るでもなく、テレビで言ってるからこっちだろうということに流されてるんですよ。イラ
ク戦争のときにもテレビで民主党の議員なんかが、これで日本の外交官が死んだら米軍の

陰謀だとかなんとか言うから、すごいなこの人たちちゃんと現場に行ってるんだなと思ったら、誰も行ってないんだよ。だから俺、イラクも尖閣も竹島も行って死にかけてんだけど、とにかく行くんだ。行ったらわかることってあるから。

榎木 まあこれは編集長の極論かもしれないですけどね。自分の命をかけて確かめる。

勝谷 でも蜂はやってるんだ。そこに行くまでにスズメバチに襲われて死んじゃうかもしれないのに。

榎木 日々の営みに命をかけてる。他の虫にはこういうのはないんでしょうか。

尼川 蜂の仲間ですが蟻がちょっと近いですね。

榎木 働き蟻がいますね。

尼川 社会性のコロニーを作って高度な組織でやってますね。ですが、ダンスとかそういうものでコミュニケーションは取ってないしね。フェロモンで特定の情報を指す物質を出すことによって、コミュニケーションを取るというのはありますけど。

昆虫が人類を救うかも……

勝谷　先生はずっと研究をハエに捧げてこられて、ミツバチっていうのは、年いってから若い女をみつけた、みたいな感じですか。

尼川　あははは（笑）。

勝谷　30何歳年下の若い女の子みつけたような（笑）。

尼川　どうでしょうかね。ちょっと差し障りがありますね。

勝谷　でもハエはハエで可愛いんでしょ？

尼川　ええ、それはそうです。

榎木・勝谷　（爆笑）

勝谷　ハエはどのへんが面白いんですか？

尼川　私が面白いのはやっぱり細胞レベルなんです。砂糖にタッチすると甘いという情報が神経を通って脳にいく。情報を暗号化してるわけで、そのへんが面白い。

勝谷　ハエが手をする足をするっていうのは何をしてるんですか。

尼川　それは掃除してるんです。センサーがついてるからです。

榎木　じゃあハエは綺麗好きなんですね、ちゃんとお掃除してるって。

尼川　ええ、足で甘いものとか辛いものを感じとるんですから。

勝谷　こうやって見ると虫って一言で言っても、全然違うんですね。

尼川　それはそうです。地球は昆虫の星って言ってる人もいるし、数からいっても人間を凌駕するんじゃないかと。

勝谷　最終的には人類はたんぱく質は家畜じゃなくて、昆虫を食するしかないとも言われてる。もしかしたら将来は昆虫が人類を救うかもしれない。

榎木　あ、蜂の子食べますもんね。

勝谷　タガメやコオロギも食べられるしね。気にさえしなきゃ全然美味しい。イナゴなんかは佃煮にしたら本当に美味しい。ぼくなんか抵抗なく食いますけどね。

榎木　今の子どもたちは、食べることはおろか、触ることすらできないですよ。

尼川　やっぱり昆虫と接する機会が無いし、家庭で接するといえばゴキブリで、非常に憎まれてますからね。

勝谷　昆虫との関係が、殺虫スプレーになってる。

榎木　そうなんです。スプレーがあれば触らずにすみます。

尼川　私の娘なんか大騒ぎですよ。父親が虫を生業にしているというのに。何でなのかなと思いますけど。我々人間は背骨のある脊椎動物。昆虫はそうじゃない。背骨が無くて外骨格があって鎧着てるようなもん。進化の過程で分かれて2つの幹になってるわけですけどね。それぞれの進化の頂点にあるのが人類と昆虫。

勝谷　昆虫ではひょっとしたら蜂が頂点かもしれない。昆虫界の霊長類かもしれない。

尼川　それぞれ環境に適してますからね。ひょっとしたらライバル意識みたいなものも感じるのかなと思ったり（笑）。

勝谷　ありますよね。「猿の惑星」みたいに人類が死に絶えたら次はひょっとしたら昆虫がテッペンとるかもしれない。

榎木　逆襲があったらどうしよう（笑）。

勝谷　どこでどうなるのかわからないよ。たまたま我々は運がいいだけなのかもしれない。

蜂の大量死

勝谷　先生は昆虫少年だったんですか？

尼川　いいえ。

勝谷　違うんですか。

尼川　違うんです。機械とかラジオとかを組み立てるのが好きで。無線機を組み立ててアマチュア無線をやってました。父親は植物の分類屋だったもんで、生物には関心がありましたけど。

勝谷　そういう子どもの心って大事ですよね。

尼川　大事ですね。

勝谷　検索したら何でも画像が出てくる時代だけど、昔は図鑑を見て憧れて、いつか本物を見たいと思ってた。そういう心ってすごく大事だと思うんです。

尼川　実際に接する機会が本当に無くなってますからね。7年ほど前かな、私が住んでた灘駅の近くで、分蜂したニホンミツバチがビワの木に3日間くらいいました。

勝谷　灘にニホンミツバチが！

尼川　そうなんです。あのような街なかでもね。まあ山が近いというのもありますが。この前は神戸市の長田区でも卵が見つかったし。

勝谷　それは珍しいというより、怖い現象としてニュースになっちゃうんだよ。

榎木　なってしまいますね。

勝谷　悲しいことです。昔はめでたい兆しだぐらい思ったと思うんだよ。

尼川　そうですね。

勝谷　先生、次は蜂のデモクラシーって本を書いてください。

尼川　でも実験の裏付けがなかなか難しくてね。

勝谷　社会論でいいと思うんです。社会論として、ここからもう一歩踏み込んだら面白いなっていうことがいっぱいある。

榎木　優しい雰囲気に包まれた本で、とっかかりは入りやすいですね。

勝谷　蜂の女王様が出てきて説明してくれるんだよ。いい本だと思います。

尼川　ありがとうございます。

勝谷　今言ったようなクラウド的なことやデモクラシーのことをマキノの庭のミツバチから入っていくというのはなかなか素敵。脊椎がある方でテッペンをとってるのが人類、別のテッペンに蜂がいます。その蜂が最近大量死するという話があります。こっちのテッペンの我々としては、ひとごとじゃない、という話もあって。

尼川 大変な事態です、本当に。

勝谷 先生の推測としてはどうなんですか。

尼川 いろいろありますけどね。

勝谷 いろいろな意見があります。これはもう世界的な問題だから。

尼川 でも普通は農薬でしょうね。特に最近はネオニコチノイド系の3種類。EUが2年間の限定ですけど禁止するという、それぐらいの問題です。あれは神経毒なんですよ。だからミツバチがやられやすい。他にもウイルス説とか、電磁波説が出ています。

勝谷 面白いですね、蜂のGPSですね。

尼川 太陽コンパスで方角を決めるとか、太陽が隠れていても青空が見えればそこの偏光からわかるとかね。

勝谷 ぼくらが見えていない光の階調を見てるんだ。

尼川 昆虫とか鳥のかなりのものはそれが見えるんですね。

勝谷 だけど偏光だったらどこかに突っ込んで亡くなるような気がするし、電磁波だったら文明国で多い気がしますが、実際はそうでもないし非常に不安ですね。

尼川 複合してる可能性もありますよね。

勝谷　例えばＨＩＶウイルスのように未知のウイルスが森からやってくるとか。ぼくらの時代には絶滅だと言われてたものが、つまり高度な生命体であればあるほど、引っ掛かるフックも多いわけだ。そこからどういう連鎖反応が起きるのかも複雑。

尼川　そうですね。昆虫は生態系を支えていますからね。

勝谷　大量死してるっていうのは、ぼくは人類に対する警鐘のような気がしますね。

尼川　蜂の崩壊症候群は、世界的に研究に関心が高まってきてるんですけど、証拠が複合してるとなかなかわからない。でもやっぱり農薬が一番可能性がありますね。アメリカのサイエンスとか英国のネイチャーとか有名な雑誌にも研究報告が載ってます。

勝谷　じゃあそのＥＵのテストで、何かわかるかもしれませんね。農薬をやめて大量死が減ったらそうなんだよね。科学っていうのは、こうやって実験で容疑者を消していくしかないんだよ。

榎木　だから時間がかかるんですね。

勝谷　その積み重ねなんですけれどもね。

尼川　私の家の周りは田んぼばかりでね。ネオニコチノイド系の農薬を撒いてるんです。それもラジコンヘリを使って一面に。ネオニコチノイドは夢の農薬といわれていて、人にはあまり効かないけど、昆虫、特に害虫に効くと。田んぼになぜ撒くかというと、米が実るころにカメムシの仲間が実を吸う。そうするとそこが黒ずんでくるんです。

榎木　農家さんには痛手ですね。

勝谷　神経毒ってサリンだからね。人間でいってみたら。

榎木　それを昆虫たちが味わってる……。

勝谷　これ微妙なところなんで本当は差し控えたいんだけどね。有機栽培や無農薬をやっていても、ヘリコプターで撒かれたら巻き込まれちゃうんだよ。これは世界的な農業の大きな問題で、そういう構造そのものをちょっと考え直さなきゃいけないということを、ミツバチは教えてくれているのかもしれないよね。

尼川　神経毒で昆虫をやっつけるというのはアメリカでも反省しようということになってるんです。ただ人には効かないというところがトリックなんです。先ほどのサリンと効き方は違うんですけど、でも神経毒ですからね。

勝谷　だけど本当に人に効かないのかなんてわからないですよね。胎内での人間の発達段階は実は虫みたいな段階からだんだん発達してくるわけだから。蜂の大量死というのはぜひとも研究していただいて、人類の将来のためにも役立てていただきたい。

お悩み相談

榎木　50代男性からの悩みです。もうすぐ定年を迎えますが、老後をどこで過ごすかで妻ともめています。現在、阪神間に住んでいて私はこのまま便利な場所で過ごしたいと思っているのですが、妻は実家近くの田舎で暮らしたいと言っています。妻はもともと地方出身で田舎暮らしに慣れているようなんですけれども、私はそうではないので不安です。田舎暮らしのよさを教えていただけませんでしょうか。

勝谷　先生、マキノを田舎だと言ったら失礼ですが、不便なことってありますか。

尼川　やっぱり買い物が不便ですね。

榎木　買い物に行くにはどのくらい時間がかかりますか？

尼川　1時間ぐらいかかりますよね。

榎木　スーパーに？

尼川　私は車に乗ってないもんですからね。自転車だから遠いです。ちょっと遠くに行くにはJRを使ってるんですが、1時間に1本です。それに湖西線というのは風とか雪ですぐに運休になるんです。

榎木　後悔はされてないですか。

尼川　後悔は全然ないです（笑）。気に入ってますから。

榎木　素晴らしい。

尼川　生協は食料品なんかを週に1回持ってきてくれますし。

勝谷　それ大きいんですよ。今車に乗ってても年をとって乗らなくなる人も多いわけで、これは日本全体の大きな問題なんです。だからおそらく物を届けてくれるサービスが伸びてます。そういう時代になるので、不便さと気持ちよさを天秤にかけたら、やっぱり自然環境の素晴らしさというか。

尼川　空気もいいし気持ちもリラックスするし、食べ物も美味しいし。

勝谷　近所の人との関係はどうですか。

尼川　あ、いいですよ、なかなか。

榎木　編集長は、田舎暮らしを人に勧めますか？

勝谷　ぼくは本気で田舎暮らししようと思って軽井沢に移った。ところが、ちょうどその頃からテレビに出るようになって、東京にいなきゃいけなくなった。今は神戸まで流れて来てるからますます軽井沢に帰れない。人生が堅実な人は田舎暮らししたらいいと思います。

榎木　私はもう田舎戻れないです。

勝谷　宮崎？

榎木　はい。だって実家で寝てたらムカデが上から落ちてくるんですよ。その度にはさみで切らないといけないじゃないですか。

勝谷　何を？

榎木　ムカデを。

勝谷　はさみで切るの！

榎木　ええ。ムカデはすごく生命力が強いんで、スリッパでパンってはたいても動くんですよ。ね、先生。

尼川　そうですね。

榎木　最後までしっかりとはさみで切って。

勝谷　榎木ファンには衝撃的なエンディングになったと思います（笑）。どうも先生ありがとうございました。

第五章

堀江 貴文

Takafumi Horie

メッセージを伝えるためには、自分のことを
好きになってもらうことが必要だと気付きました。

Profile

1972年福岡県生まれ。実業家。ライブドア元代表取締役社長。ロケット開発を行うSNS株式会社ファウンダー。2006年1月証券取引法違反で逮捕、懲役2年6ヵ月の実刑判決を受け、長野刑務所に服役。2013年11月10日刑期満了。著書多数。

ミリオンセラープロジェクト「ゼロ」

勝谷　この収録は露骨に見学者が多いときと少ないときがあるんだけど、今日はすごくギャラリーが多いです。なにしろ塀の中から帰ってきた方を迎えるんですから。今日のゲストは、以前番組でけっこう激しくやりあった記憶があります。堀江貴文さんです。

堀江　どうも、よろしくお願いします。

勝谷　堀江さん、今日は二日酔いだと聞いてますが。

堀江　はい、最近毎日二日酔いです。

榎木　迎え酒はいいといいますからね、飲みますか。

堀江　じゃあ、ザキヤマのダーソーで。

勝谷　いやぁ、業界的でいいなぁ。山崎のハイボールをください。最近よく飲んでるんですか？

堀江　ええ、毎晩飲んでるんでヤバイですね。

勝谷　入ってる間に肝臓はキレイになったでしょう。

堀江　元々肝臓は強いんですけど。ガンマ（γ-GTP）37〜38ぐらいだったのが、15になりました。

勝谷　そりゃ、すごい。

堀江　37でも全然低いんですけど、15ってね。肝臓ピカピカじゃないですか。

勝谷　飲めって言ってるようなもんだよ。

榎木　生まれたての肝臓ですね。

勝谷　じゃあ、ザキヤマのダーソー割で乾杯。

堀江　よろしくお願いします。

勝谷　堀江さんとこうやって飲めるのは嬉しいな。番組では何度かお目にかかったことがあるけど、グラスを交わすのは初めてでね。

堀江　共通の友人が「今、勝谷さんと飲んでんだけど来ない？」とか、「勝谷さんとさっきまで飲んでた」とか。そういうことはありましたけどね。

榎木　行こうとは思われなかった？

堀江　いやいや、ぼく結構忙しくてね。タイミングが合わなくて。

榎木　避けられてたんじゃなかった。

堀江　もうスケジュールがパッツンパッツンで、ドタキャンなんかがないと無理で。

勝谷　いろんな買収をされてたころは、正直言って堀江さんすごいとんがってたの。

堀江　そうですか？

勝谷　ぼくもまだ、アグレッシブなことが売りのときだったんで、番組で、ぼくが堀江さんの悪口をワーッと言ったあとに「では堀江さんに」っていう演出をされたことがあって。

堀江　ありましたねぇ。

勝谷　今日、堀江さんの丸くなり方を見ると、本当に丸くなるには一回刑務所に入らなきゃいけないなと。

榎木　編集長～！

勝谷　今日から酒やめるとか、今日から出家するとか言っても人はなかなかできないんだよ。だけど、刑務所という強制力があるとね、羨ましいなと思うね。

榎木　え、羨ましいですか？

堀江　半年ぐらいならいいかもしれない（笑）。

榎木　本当ですか？

堀江　1年9カ月は長いですけど。

榎木　いや、1日2日でも普通の人ならどこか精神的に……。

勝谷　本も出てますけど「刑務所ナウ」とは書かず『刑務所わず。』。仮釈放も終わって有期刑も終わって、何でも書けるようになったからですね。

堀江　そうです。

勝谷　この本は本当にいろいろ書いてますね。『ゼロ』も人生論的で面白い。『ゼロ』の版元のダイヤモンド社は100万部売るというプロジェクトですよね。今30万部ぐらい？

堀江　たぶん電子版を合わせると33万部ぐらいいってますかね。

勝谷　う～（身悶える）。

榎木　あ、この番組は、編集長がいかに売れる本を出すかというプロジェクトでして（笑）。

勝谷　百田尚樹さんが、「勝谷の本は売れない！　売れるわけがない！」って。

堀江　あっはっは。ぼくのやっている「ミリオンセラープロジェクト」で、編集チームに「堀江さん何でもやるって言ったでしょう」って言われて、いろんなことをやらされてるんです。「全国の書店を回る」ってことになって、そしたら、行く先々に百田さんの色紙がある。

榎木　本当ですか？

堀江　本当。百田尚樹さんとぼくの後輩みたいなやつで水野敬也って『夢をかなえるゾウ』を出したやつ。他は『人生はワンチャンス！―「仕事」も「遊び」も楽しくなる65の方法』

とか『人生はニャンとかなる！―明日に幸福をまねく68の方法』とかの犬猫本がすっごい売れてるんです。あと勝間和代さん。この3人は、まあ、ほぼほぼ行ってますね。

榎木 全国行脚ですか。

堀江 ぼくもたぶん百何十カ所行ってるんですけど。全部彼らは行ってますね。やっぱ、ヒット出す人はハンパないですよ。

勝谷 ぼくの努力が足りないことが、今初めてわかりました。

堀江 ゲリラ訪問とかやるんですよね。「あ、本屋さんあった」「著者でーす」って。

榎木 えー、すごいなぁ。お店の方がびっくりされますよね。

堀江 ぼくはチェキ持ち歩いてますよ。

榎木 チェキ？

堀江 チェキで店長さんと一緒に写真撮って、ポップ作って、ポップキット置いてくる。

榎木 上手い！

勝谷 ちょっと、西日本出版社の内山社長、そこにいるだろう！

榎木 ハイッって言ってます（笑）。

勝谷 経費出しなさい、俺やるから。

榎木　おー！

堀江　あとね、無料講演会ツアーっていうのをやってて、クラウドファウンディングで行脚資金を集めて五百万円以上集まったんです。それを使って全国8カ所で千人規模の講演をしています。

勝谷　ちょ、ちょっとマネージャーのT－1君、今の全部メモしとけ！　今日は勉強になるな。

堀江　『佐賀のがばいばあちゃん』はそれで売れたんすよね。あの話を島田洋七さんが全国何百カ所で講演して回ってたんです。

勝谷　ある限界点を超えたところで、パッと火が付くんですね。

堀江　そうです。

勝谷　堀江さんというと、なんかウェブの空中戦をやってるように思いがちですけど、地道に押さえていくことの大切さをわかってる人なんだよね。

堀江　そうっす。まさにこの『ゼロ』っていう本がそうで、何もない自分に小さな1を足していくって内容なんです。足していくとどこかでブゥンと上へ行く所があるんですよ。

勝谷　そうそう。

堀江　ぼくも2004年ぐらいに、その世界では割と知られるようになってきてたんですけど、突然ブレイクした。だからプロ野球のチームを買収しようとしたときも、それまでの積み重ねがあったからこそ、行くことができたというのはありますね。

勝谷　『永遠のゼロ』のあとを追ってる『ゼロ』ですね。

『刑務所わず。』

勝谷　せっかくだから『刑務所わず。』の話からしましょう。元衆議院議員で塀の中に入られて『獄窓記』を書かれた山本譲司さんは、障害者や高齢者の方々がいる房を担当して、そのお世話をやっていたんですね。出所後も再犯を繰り返してしまう人たちには、ある種病気があるんじゃないかとか、刑務所に入ることが楽だと思って犯罪を犯してしまう人がいるんじゃないかという問題意識を抱いて出てこられて、啓蒙活動をしてらっしゃるんです。

堀江　覚せい剤をやってる人は罪の意識無いですね。

榎木　本当に無いんですか？

堀江　全く無いっすね。

勝谷　アルコール中毒の人が、消毒用アルコールの瓶から匂いを嗅ぐとか、あれはちょっとシンパシー感じる。

榎木　編集長は同じ系統……（笑）。

勝谷　うるさい！

堀江　食堂に入る前に消毒用のアルコールを手につけるんですが、ぼくは衛生係として手につける係をやってたんですね。アル中の人とぼくだけ手をこう顔に持っていってましたね。においを嗅ぐ、みたいな。なんか落ち着くなぁ、みたいな。

榎木　いやぁ〜。

堀江　衛生係というのは、ま、なんでも屋さんですよ。掃除、洗濯から作業指導に至るまで全部やらされました。

勝谷　汚物の処理までやらされるんでしょう？

堀江　はい。でも汚物の処理をやると手当がつくんですよ。だからぼくの先輩受刑者は。

勝谷　本に出てくるガチマジ先輩？

堀江　そうそう、ガチマジ先輩。彼は月収1万円超えてましたね。もう独占的に自分でやろうとするんです。「いや、オレがやるから」って。

勝谷　刑務所ってのは人間関係が大事なんですね。堀江さんって割と人間関係から自由に生きてきたじゃないですか。

堀江　はい。

勝谷　じゃあ、本当に両極端に行った感じですね。

堀江　ただぼくは、そういう所に入ったら我慢できるんですよね。

榎木　柔軟性がものすごくある！

堀江　まあ、一応そうやって生きてきたんで。

勝谷　そうじゃないとビジネスの世界でも難しいよ。

堀江　嫌なことを嫌なことだと思うから、嫌なんであって、嫌なことじゃないと思うと全然嫌じゃなくなる。

勝谷　嫌なことを嫌なことだと思うとビジネスの判断は失敗するんですよ。自分の感情の問題だから。

堀江　そうそう、そうなんですよ。

榎木　じゃあやっぱり刑務所の中で一番辛かったのは人間関係ですか?

堀江　そう、人間関係ですよ。そのガチマジ先輩ですね。はじめの半年ぐらいは、そのガチマジ先輩の上にピンクの犯罪で入った親切さんがいました。彼が一番上だったんで、彼と話してりゃよかったんです。ガチマジが二番で、三番手にちょっといじめられっ子がいる構成だったんで、すごくやりやすかった。だけど、親切さんがいなくなってから適応するまでにかなり時間がかかりました。

勝谷　ブラック企業ってそうですよね。

堀江　でも、社会にいれば陰口言ったり、別に2ちゃんねるに書き込んだっていいし、飲みに行って発散してもいいけど、塀の中は誰にも言えないんですよ。不満を言えるのは面会のときぐらいですよね。

榎木　でも、それで面会時間が減ってしまったらもったいない。

堀江　だからその親切さんぐらいしか信頼して話せない。

勝谷　たまたまこういう環境にいるからそうなんだって割り切って考えて。15工場でしたっけ? 障害のある方とかお年寄りばっかりがいる所で、労役をされてた。どうですか、その制度は客観的に、いろんなビジネスをやってきた方から見て。

堀江　う～ん、ダメな所といい所がありますよね。少なくとも覚せい剤はダメです。聞いた話ですけど、仮出所をする直前に入る釈前工場という所があって、ランクが1類から5類まであるんですけど、1類って年数を重ねた超エリートしかなれないんです。全体の1%以下なんですよ。ぼくも2類までしかなれなかったんで、ま、1年9カ月では絶対に1類になれないんです。その1類の受刑者で、覚せい剤で収監された人がいて、めちゃくちゃ気が効くいい人だったんで、とある私の友人の元受刑者が連絡先を交換したらしいんですよ。で、外に出てから会ったら既に目つきがおかしくなっていて。それから1年半くらいでまた捕まってたっていうぐらい、やっぱり覚せい剤ってやめられないらしいですね。

榎木　結局繰り返してしまうんですね。

堀江　大体、悪いことしたと思ってないんですもん。

勝谷　こういう更生のさせ方ではなく、もっと病理的な治療でないと。

堀江　そうそう、それこそ覚せい剤で気持ち悪くなるみたいな、そういう薬を処方するとかじゃないと無理ですね。あと性犯罪。ロリコンとか強姦が好きなやつとか、管理売春やってたやつとか。彼らは本当に罪の意識が無い。確実に2、3年後には出てきますから。

榎木　恐ろしい。

勝谷　GPSをつけたり、社会で管理する方法を採用してる国もありますよね。

堀江　そうです。例えば女性ホルモンとかを処方して科学的に去勢すると女性に興味が無くなるとか。そういう薬剤を使ったりGPSを使ったりしないと無理ですね。

勝谷　こういうことを実際にやろうとすると人権屋が出てくるんです。

堀江　あとね、飲酒運転の規制もちょっと厳しくしすぎましたね。犯罪者がどんどん増えてます。今、酒気帯びで事故って怪我させたら、入っちゃいますね。ひと月ぐらい。2回やったら確実に入りますね。飲酒運転対策なんて簡単で、車に飲酒運転検知装置をつければいいんですよ。

勝谷　それじゃないと動かないようにやるやつね。だけど自動車メーカーはやらない。

堀江　事故を防止するシステムはどんどん普及してて、自動運転車なんかも出てくるから、交通系の犯罪ってそこまで取りしまらなきゃいけないのかって話もあるわけですよ。実質的に彼らは出てきてまたやるんですよ。だから1回刑務所に入った人が再犯をしないような仕組みがぼくは大事だと思っていて、どこまでやるのか。厳罰化がはたして正しいのかっていうと、正しくはないと思いますね。

勝谷　でも、この中にも書いてありますけど、出所した人たちがネット上で結びついたりするんでしょう?

堀江　コンタクト取っちゃダメと言われてるんだけど、別に法的な規制があるわけではないです。刑務所の中で、出たら何しようって悪いこと考えてる人、いっぱいいますよね。

榎木　その方々が、直接会いに来られたらちょっと困りますね。

堀江　一人だけサイン会に来た人がいましたね。

勝谷　それは断れないからねぇ。

堀江　70代ぐらいの人で、35年間無免許運転で道路交通法違反で捕まった。別に悪人じゃないんですよ。それこそ普通のおっちゃんで。彼なんか、涙流してましたよ。

榎木　会いにきたときに?

堀江　そう、「よかったなぁ〜」みたいな感じで。「一緒にゴルフ行こうよ」ってスッゲェ言われたんですけど、適当にごまかしてます。あ、株のことはね刑務官からも聞かれました(笑)。ぼくらは工場内を自由に歩き回れる特権を持ってたんですよ。ちょっとしたときに話しかけてくる刑務官がいて。ぼくは話し好きなんでいいんですけど、無駄話30分とかやると、たまに見回りに来る偉い人に見つかるとよくないんですよね。

榎木　規則違反になりますか?

堀江　なります。

勝谷　中では体の不自由な方とか、あるいは高齢者でちょっと考えがはっきりしないような人たちを見ておられたわけじゃないですか。それに対して今の更生でいいのかと、どうですかそのへんは。

堀江　彼らにとっては、すごく過ごしやすいのではないかと思います。居場所がないんですよ。友達や家族との繋がりが希薄になった人って、寂しいことがすごく辛いらしいんです。だから居場所を社会が作るような努力をしないと。なんでお医者さんに高齢者が並んでるかっていうと、触ってもらえるからなんですよ。高齢化すると触ってもらえなくなるから、お医者さんや看護師さんが自分に触ってくれるのが嬉しい。

勝谷　なるほど。

堀江　そのために行ったりするらしいので、刑務所だってすごい制限はあるけれど、一応みんなかまってくれるんですよ。だから居心地いいんじゃないですか。

勝谷　しかも衣食住は保障されてる。

堀江　ただね、だらしない人が多いんで、10人に1人ぐらい汚部屋ですよ。

榎木　汚いんですか。

堀江　もう、ひどいっすよ。出て行ったあとの掃除とかやらされてたんで、トイレの周りとか「何、このこびりつきかた！」みたいな。クレンザーでゴシゴシやっても取れない。

榎木　うわぁ～。

堀江　そのあと風呂に入れる日はいいんですけど、風呂入れない日とかあるんですよね。

勝谷　大変な経験をしましたね。

行動するおせっかい

勝谷　せっかく来ていただいて刑務所の話ばっかり聞くのも何ですし、事業をしてらっしゃったころ、堀江さんが思われた日本社会の問題点って何なんですかね？

堀江　ぼくね、今でもそうなんですけど、日本の変わらなさ具合とでも言うか、それが気になって、こうすればいいのに、ああすればいいのにって、すごいいっぱいあるんです。ある意味おせっかいなんです。この本を広めようといろんな人と対談をして、糸井重里さんともお会いしたんです。彼の「ほぼ日」というサイトにその対談が書いてあるんですが、

「堀江君ってさぁ、すごいおせっかいだよね」って言われました。「例えるなら、露天風呂に腹の上あたりまで浸かって、あーいい湯だなって言ってる人を、後ろから肩を抑えつけてガバッってやって、肩まで浸かればもっと気持ちいいよって言ってるようなもんだよ」って。だから例えば、プロ野球界の人は「ぼくたちは縮小でいいんだ。12球団から10球団にしてもいいんだ」と、「これから沈みゆくプロ野球界なんだから仕方がない」と思ってるところに、「そんなことはない！」とぼくが言って、改革しようとしたじゃないですか。

榎木　あぁ。

堀江　例えばフジテレビにしても「いやぁ、もう給料もいっぱいもらってるし、俺たちはいい番組を作ってるんだ。視聴率もまだまだいいし」って。ぼくから見れば、これからネットとの競争で広告費用減っていくし、もっとインタラクティブな仕掛けを作ってネットと連動してやってかなきゃいけないんじゃないですか、そうしないと視聴率も下がるし、広告も無くなりますよって、それを言ってた。

勝谷　今、その通りになってるよね。

堀江　だからぼくはすごくおせっかいなんだけど、実際に肩まで浸かった方が気持ちいいって、それをいきなりやられると「なんだよ！　人が気持ちよく浸かってんのに余計なことすんな！」って言われちゃうよね、ってことなんです。

勝谷　おせっかいして言って去っていくだけじゃなくて、堀江さんは本当に両肩つかんで湯に入れちゃう。それだけのお金も力もあったからなんですよね。気持ちはわかるよ。何で誰が考えてもこうしたらこうなるはずのことを、この人たちは茹でガエルのように座して死を待って。いつかお湯になって死んじゃうよってね。

堀江　例えばリニアモーターカーなんか、ぼくが生まれる前からずっと実験してますからね。

榎木　長いですねぇ。

堀江　なんでやんないのっていうことなんですよ。やれることをやらないし、やろうとしたら文句ばっかり言ってる。ぼくは基本的には未来を見ていきたい派です。こういう風になるという未来があるんで、その未来を実現するためには一人ひとりが毎日変わっていかなければならない。

勝谷　うんうん。

堀江　そして、もっともっとノリよく生きていかなければいけない。桃太郎の話を本の中に書いてます。桃太郎のおばあさんって、すごいノリノリなんだよって。ドンブラコドンブラコと流れてる大きな桃を、まず普通の人だったら、眺めてるだけだよね。あれを持って帰って、ましてや割ってみようなんて絶対に思わないですよ。だけど、みんながあのおばあさんみたいにならなきゃいけないんです。グローバル化の流れの中を必死に対抗しようとして、上流に向かってバタ足で頑張ってるんだけど、流れてくのはしょうがないから流れりゃいいじゃん、そしたら楽だよって話とか。ぼくの中でわかりきってることを伝えていくのは、今でもやってることですよ。

勝谷　それに対する世間から反発があったじゃないですか。

堀江　はい、なので伝え方を変えてます。

勝谷　どうしてわかんないのっていうだけじゃなくて、もうちょっと説明しようと。

堀江　もっと大事なことがあるんですよ。説明の前に大事なことは「好きになってもらう」ってことなんです。今でもぼくのことを嫌ってる人はたくさんいると思いますけど、嫌われてるってことはまだ可能性があるんですよ。一番ダメなのって無関心なんですね。オセロの駒でいえば、黒い駒がけっこう多い状態。だけど白で挟めば白くなるんですよ、簡単に。隅を抑えるとパタパタパタって変わる。まさにそういうことをやろうとしてますね。

勝谷　一番嫌なことは誰も駒を打ってくれないことだ。

堀江　好きになってもらうことが必要だってことに気付いたんですよね。いいこと言ってるなと思えば、ぼくは相手のことが好きでも嫌いでもその考え方は取りこむんですよ。だけど多くの人はそれだけで閉ざしちゃう。ぼくの本だって「あー、堀江の本でしょ。別にいいや、金儲けの話しか書いてないんじゃないの」って、絶対に手に取らない。だけど、そうじゃないっていう評判が広まって、実際に読んでみたら自分と共通するところもあるし、「結構苦労してきたんだな」と共感するところもあるんだということを編集者に言われて。

勝谷　それが紙の文化なんだよ。一冊の本を手に取って意外なことに気付く、これが本屋さんのいいところ。手に取ってるうちにどんどん引き込まれて「あいつ嫌いだったけど、これ意外と面白いじゃん」って思うのがいいんだよね。堀江さんを前に喋りづらいけど、デジタル化、IT化が進んでいくと、人にレッテル貼りをするのがすごく簡単になる。俺なんて辛口だって言われてるけど、全然辛口でも何でもない。

堀江　ネットではデマが拡散しやすいです。完全なデマは否定されるんですけど。

勝谷　そうそう。

堀江　微妙なデマが拡散しちゃうんです。新幹線で泣きやまない赤ん坊に対して、後ろに座ってた女性が「チッ」て舌打ちしたらしくて、育児のＮＰＯみたいなのをやってる人が、「そんなの許せねぇ、こういうやつは新幹線に乗るべきじゃない」ぐらいのことをツィッターに書いてたんで、腹立ってね。いいじゃねぇのチッって言うぐらい。別に聞こえるように言ってるわけじゃねぇんだからって思った。チッって言うことぐらいで、そんな過剰反応するなよみたいなことを書いたんです。そしたら議論になっちゃって。で、事例として風邪薬に入ってるようなちょっと眠くなるやつあるじゃないですか。欧米とかではあれを飲ませてる人がけっこういるんだよみたいな話を書いたら、ぼくが泣きやまない子どもには睡眠薬を飲ませろって言ったぐらいのことを書かれて。それがバーっと広まった。マジギレしてる有識者の人とかいて、ちゃんと読めよ、ちゃんと読めば違うのがわかるだろうと。

榎木　ええ。

堀江　あの騒ぎのとき、「人の心はお金で買える」って言ったとかね。言ってないんですけどね。その誤解がひどくて、アイコラされました。あのとき「改革」って書いたＴシャツを着てたんですよ

榎木　ええっ！

堀江　そのTシャツの皺まで再現して「金儲け」って書いてあるんですよ。そのコラージュ画像がいまだにネット上に出回っているんです。

榎木　ええー。

堀江　ある会社との合弁会社で、新しいメッセンジャーアプリみたいなの作ってるんですが、そこにLINEのスタンプみたいなのでぼくのイラストのスタンプを作ってるんです。そのスタンプの中に金儲けTシャツのスタンプが入ってて。

榎木　えっ、入ってたんですか。

堀江　お前、これ本当だと思ってたのか?ってね。

勝谷　あはは。怖いねぇ。

堀江　怖いですよ。そんなTシャツ着るわけないじゃん。いまだにぼくのことを金の亡者だと思ってる人が多くて。

宇宙ロケットを作る

勝谷　堀江さん、今、ロケットやってるんですよね。なんでまた？

堀江　ロケットも「宇宙へのおせっかいだ」って糸井さんに言われたんですけど。

榎木　壮大なおせっかいですね。

堀江　「そのおせっかいは、宇宙へ」って対談のサブタイトルつけられちゃったんです。宇宙って、誰でも行ける場所じゃないんですけど、技術的には行けるんですよ。今、500人ぐらいの宇宙飛行士と10人ぐらいの宇宙旅行者が宇宙に行ってるんです。だいたい20億円ぐらい払って。今はスペースシャトルがなくなったんで、ロシアのソユーズしか国際宇宙ステーションに行けないし、あとは中国の宇宙船ぐらいしかないんです。商業利用できるのはロシアのだけで、年間2機ぐらいしか上がらず1回で3人ずつしか乗れないんで、1人70億かかってます。ロケットといえども工業製品なんで量産したら安くなるんです。だからたくさん打ち上げれば安くなるんですよ。ソユーズなんて1960年位の技術だから、アポロの前ですよ。もう50年経ってるんですから。それから技術革新があって、部品とかも安くなってるわけですよ。一番わかりやすいのはコンピューターとかセンサーの類で、ものすごく安くなってる。スマートフォンの中とかに入ってるセンサーでできるんですよ。素材技術だってどんどん向上してます。で、国がやるとなにがマズイかって言うと、無駄に技術を使おうとするし、最先端じゃないと予算がおりないんですよ。だから一番じゃないといけない。二番じゃダメなんですかって言った人いましたが。正に核心をついていて、国がやる科学技術って一番じゃないと予算がつかないんですよ。

勝谷　そう、だからジェネリックをあまり使わないいんだよ。

榎木　いい機能がいっぱいあるのに。

堀江　だからぼくらはそのジェネリック的な、特許が切れた、枯れた安い技術を買って、性能の低いロケットを作る。彼らが作ってるのがスーパーカーやＦ１マシンだとしたら、ぼくが作ってるのはバイクのスーパーカブ。人が乗って走れりゃいいんだから、いいんですよ、安くてショボいロケットを作れば、誰でも宇宙に行けるようになるでしょう。ただそれだけの話ですよ。みんなが行けるような場所にしたい。ぼくはインターネットの世界も、インターネットという素晴らしい仕組みを知って、これを世の中に広めたいと思ったんですよ。そしたらもう広まったじゃないですか。

榎木　はい。

堀江　スマートフォンができるまで、みんなピンと来てなかったと思うんですよ。で、スマホ使って「あー、なるほどなぁ～」「便利、便利」みたいになってるんですよ。ぼくはそれを十何年前に気付いてたんですよ。だから、宇宙ロケットも20年後ぐらいには「あー、そういえば堀江がそういうこと言ってたな」と、たぶん思いますよ。

サンテレビはお買い得

榎木　私、テレビの世界のこともすごい気になるんです。

堀江　それ！

榎木　今のテレビ業界の良い所悪い所って、堀江さんの目線から見たらどうですか？

勝谷　これからデジタルコンテンツは限りなくゼロ円に近付いて行くんです。インターネットの本質って言うのは中抜きがなくなることです。どういうことかと言うと、中間にいる人、つまりメディアにいる人たちが……。

堀江　無くなるんです。だからメディアとしてテレビ局はどうなるべきかと言うと、コンテンツホルダーになるかプラットフォーマーになるかどちらかです。プラットフォーマーになるってことは、グーグルとかアマゾンとかアップルとかとタイマン張るってことですよ。

勝谷　うん。

堀江　グローバルなプレーヤーにならない限り成功しないから、他は全部淘汰される。だからそういった覚悟をもってぼくはフジテレビを買収してプラットフォーマーになろうと思ったんです。

榎木　ああ。

堀江　要はグローバルなんですよ。日本だけのドメスティックな話じゃなくて、グローバルなプラットフォーマーになるって思ったんですよ。それになるか、本当にコンテンツホルダーとしてコンテンツ供給者になるしかないんだけど、コンテンツ供給者になるとしたら、ただただコンテンツを供給してるだけでは個人に勝てないんですよ。

勝谷　そう。

堀江　だって勝谷さんとかぼくはそうですけど、有料メールマガジンを出してます。読者と直接に結びついてやってるとテレビなんてどうでもいいんですよ。

榎木　えー、そんな。

勝谷　いやいや、ぼくはサンテレビを、この番組を愛してるから。

堀江　ぼくが言いたいのは、別に未来がないってことじゃなくて、コンテンツホルダーとして有料メールマガジンの何がすごいって、読者とのインタラクティブ体験なんですよ。

榎木　インタラクティブ体験？

堀江　そう、体験を売ってるんです、ぼくたちは。有料メールマガジンというデジタルコンテンツを売ってるんじゃなくて、読者とぼくたちが繋がってるという体験を売ってる。

勝谷　関係性を売ってるんです。ぼくの有料配信メールは。

堀江　そう。

榎木　これからまた買いたいと思うことはありますか？

堀江　テレビ局を買うとしたらローカル局が一番いいんですよ。何でかわかりますか？

榎木　……ん？

堀江　まず安いからです。

榎木　あはは（笑）。

堀江　安いってことは10倍100倍になったときに、ものすごいキャピタルゲインが出るんですね。もし買うなら、東京だったらＴＯＫＹＯ ＭＸ（東京メトロポリタンテレビジョン）。

勝谷　堀江さん、この番組でサンテレビの価値がバーンって上がってると思いますよ。
榎木　自分で言いました（笑）。
堀江　ここ何チャンネルですか？
榎木　3チャンネルです。デジタル、3チャンネル。※
堀江　えっ、デジタル3チャンネルなの？　やばくないっすか？
榎木　えっ！　やばいんですか？
堀江　めっちゃ価値ありますよ。
榎木　何でですか？
堀江　だって3番だもん。フジテレビが8番ですよ。だって東京は1・2がNHK、3がなくて4が日テレでしょ、5テレ朝でしょう。6がTBS。
勝谷　フジテレビが一番ケツになっちゃって。
堀江　要は8にこだわったんですよ。3になるチャンスがあったのに。フジテレビは3チャンネル捨てたんですよ。バカですよ。あ、そっかサンテレビだから3なんだ！
勝谷　3なんですよ。お買い得でしょう。
堀江　めちゃくちゃお買い得ですよ。

勝谷　もれなく阪神タイガースとデイリースポーツがついてきますからね（笑）。

堀江　めちゃくちゃもったいないですよ！

榎木　今日一番テンションが上がっておられますね。

堀江　いやいや、でも8の字を半分に割ったら3なんだから（笑）、3でいいじゃねぇかよって思ったんですけどね。半分からやり直します、みたいな話で。

榎木　あははは（笑）。

堀江　でも、MXもデジタルで11になったんで視聴率が上がってるんですよ。これね3チャンネルってめちゃくちゃいいんですよ！

勝谷　しかも兵庫だけじゃなくて。大阪まで入ってるんです！

榎木　視聴範囲広いです。

堀江　大阪もカバーしてるんですか？　それで3なんだ。チャンスですね。なんでみんな気付かないんですかね。だってテレビってリモコン利権でしかないんですよ。ごめんなさいね、ぼくリモコン無くそう派なんで（笑）。

榎木　えっ。

堀江　何でテレビ局が価値があるかって言うと、地上波の価値っていうのはリモコンに入っているっていることなんです。1番から12番の中に入っていることが価値なんです。
榎木　計算しなくても押したら繋がる。
堀江　U局の頃なんか大変だったでしょう？　チャンネルの中に無いわけですよ。だから見られなかったのに、他の地上派テレビ局と、キー局とか準キー局と並んで1から12の間に入っちゃった。これでまずは価値がボーンと上がって。
勝谷　これは国によって与えられた利権だから。
堀江　でもね、実は砂上の楼閣でね。リモコンがなくなったらその利権って無くなっちゃうんです。
勝谷　家でリモコン探すときのことを考えてごらん。
榎木　うわぁ……リモコン無かったらどうしようもない！
堀江　でもね、今はもうすでに、技術的にはリモコンは要らないんですよ。テレビ局がやってる番組で最低だなって思うのは、ネットの動画をただ流すだけの番組。やってたらごめんなさいね。
榎木　いやいや…あっはっはっは。
堀江　あれ、めちゃくちゃ安易だと思います。ＹｏｕＴｕｂｅにいけばいいんだろって話でしょ。ニコ動いけばいいじゃんって話なんだけど、それをシームレスに繋げられるべきですよね。これからそういう技術がどんどん出てきます。もう一つ言うと、たぶんテレビの先っていうのがあって、それはまだみんな気付いていない。

榎木　なんですか？

堀江　リアルな質感を再現するテレビなのか、ヘッドマウントディスプレイなのかわかんないけど、質感を再現することが可能になるんですよ。たぶんあと10年以内に。

勝谷　質感っていうのは？

堀江　光線の具合とか、たとえばメガネのフレームって光沢があるじゃないですか。

勝谷　はいはい。

堀江　テレビカメラを通じて勝谷さんの顔を見ても、その光沢がどういう風に光を拡散してるかは完全にはわからないんですよ。だけど光の拡散の具合をたくさんのカメラで撮ると、全部光の状態は記録できるんですよ。この空間のこの状態を記録できて、画面の上で再生することができる。ヘッドマウントディスプレイをつけて振り返ったりすると後ろの景色が見えたりする。覗き込むと奥行きが見えたりする。

勝谷　じゃあ、こちらの角度が変わると光の具合が変わったりする。

堀江　はい。そういうものがディスプレイ技術で開発される。
勝谷　それは意外と近いかも知れませんね。
堀江　ええ。今4Kとか8Kとか言われているでしょう。大画面で4K8Kなのが、スマートフォンの画面にギュッと入ると実現できるようになりますね。
勝谷　それは確実に起きますね。
堀江　ニコファーレっていうスタジオがあるんですが、そこにNTTとドワンゴが共同で開発した360度に全方位にパノラマになるカメラ放送システムがついているんですよ。それとヘッドマウントディスプレイのオキュラスリフトっていうのを組み合わせると、まさにそのスタジオにいるかのような体験ができるんですね。
勝谷　ものすごいスピードでそっちにいきますね、きっと。
堀江　テレビの規格だとまだそれはできないんですが、ネットだとそれが自由ですから。それを配信して360度見れるようになります。これは質感を再現できないですね。光の具合ももちろん全部再現できない。それには通信容量ももっと増えないといけないし。ぼくがさっき言った技術が開発されると、まさにスタジオに座ってこのトークを見てますみたいなことだってできますよね。すごい臨場感だと思いますよ。

勝谷　たぶんそれに、今のようなメガシステム、テレビ局のシステムがついていけない。
堀江　でもそれを睨んだコンテンツ開発、インタラクティブ体験の開発。つまりライブ体験っていうのはその場所にいなくてもいいんです。
勝谷　個人のパーソナルな体験、人生の体験っていうのが何かということに繋がってきますよね。いやぁ、面白い。

【お悩み相談】

榎木　35歳男性からのお悩みです。私は今、二人の女性とお付き合いをしていますが、そろそろどちらかと結婚をと考えています。一人は同い年で美人なんだけれども気が強い女性、もう一人は28歳と若く気が利きますがあまり美人ではありません。恋愛と結婚は別と言いますが、結婚するならどちらの方がいいのでしょうか。
勝谷　それをホリエモンと俺に聞くのは間違いだよ。
榎木　お二人の恋愛観も合わせて教えていただければ。結婚と恋愛は違うと言いますけれど、何をもって選ぶかということですよね。

堀江 いや、そもそもぼく、結婚って必要ないと思ってる派なんで。

榎木 ん？ 結婚は……一度されてますよね？

堀江 はい、一度したんで人生の結婚スタンプは押したんです。離婚スタンプも押しちゃいましたけど。

榎木 （苦笑）。再婚はしたくないですか？

堀江 今のところそのつもりはないんですけど。そもそも何で結婚しなくちゃいけないかっていうと、ただの思い込みだと思うんですよね。別にずっと付き合い続けてもいいじゃない。

勝谷 両方付き合うといいじゃん。

榎木 このまま？

堀江 そもそもこの人は二人と付き合ってるのがいいんだから。

勝谷 甲斐性あるね。

榎木 似たような体験はありますか？ お二人は二人同時に付き合ってたとか。

堀江 ぼくは付き合うまでいかなかったりしますね。

榎木　よく言う、一夜限りという。

勝谷　お前ひどいこと言うなぁ。

榎木　そ、そういうのでもなく。

堀江　人生の本質はグラデーションなんですよ。

勝谷　そうそう。

堀江　仕事も恋愛も何でもいろんなパターンがあって。

勝谷　白か黒かで決めてしまうとおかしい。

堀江　そうなんですよ。本当はグラデーションなんですよ。仕事だって、ぼくらはいろんな仕事やってますけど、一応、榎木さんは1本じゃないですか。ほとんどの人が1本に決めてますが、いろいろやっていいんですよ。夜の時間使ってネットでメールマガジン書いて金もらったっていいわけですよ。ボランティア活動やっててもいい。なんだけど、みんな1本に絞らなきゃいけないって、ただ思い込んでる。ネットがない時代は物理的に無理だったかもしれない。だけど今は可能。もっというと江戸時代ぐらいまでは農耕が主体だったんで。家族総出で米作んないと飢え死んだんですよ。人口が維持できないから、だから家族って生きていくために必要だったんですよ。だけど今は生きていくために必要ないんですよ。メールとかソーシャルメディアが無い頃は、フェーストゥフェースのコミュニケーションか固定電話とかしかなかったから、実際に会わないと繋がりが持てなかったんだけど、今はＬＩＮＥとかフェイスブックの時代じゃないですか。フェイスブックとか見たら昔付き合ってた女の子とか出てくるわけですよ。「何してるかなぁ」みたいな感じで連絡したりするじゃないですか。そしたらそこで何かが起きるかもしれない。

勝谷　二股だからややこしくなるんですよ。男に生まれたからには八股のオロチでいけと。

榎木　二股と言わず！

勝谷　八つぐらいやってるとわかんなくなるから。

堀江　実際にそれができるわけですよ。昔だと絶対にできないです。だって、デートの約束は10日後の何時にどこどこで待ち合わせてみたいに約束しないといけない。

勝谷　しかも固定電話でね。

堀江　今は夜９時ぐらいまで会食してて「思いのほか、早く終わったなどうしよう」って、ＬＩＮＥで10人ぐらいにメッセージ送って、すぐに返事が来た人から会う、みたいな。

勝谷　完璧に社会復帰してますね。

堀江　いや、ぼくじゃないですよ！　ぼくの友達（笑）。真面目な話をすると、一人の人とずっと一生付き合っていくって、キツイすよ。
勝谷　うんうん。
堀江　だってね3人に1人は離婚してる時代ですよ。ということは、実は離婚したい人はもっといるってことじゃないですか。
勝谷　学者も言ってるんですよ。生物学的には愛は3年しか続かない。つまり、子どもが3歳になったら男は去っていいと。で、ちなみに男の生殖能力も40歳までって言われてるんだけど、今は引き延ばされて60とか70。これは社会的に引き延ばしてるだけ。日本の社会構造を根本からひっくり返すようなアナーキストだな、ぼくたちは。
堀江　本当にそうです。無理しない方がいいです。我慢して結婚生活を続けてる人をいっぱい知ってますから。
勝谷　それこそ、本末転倒でしょ。結婚生活のために生まれてきたわけじゃないでしょう。
榎木　はい。
堀江　ま、例えば週末婚みたいな形でもいいし、事実婚みたいな形でもいいしね。もう一ついいことがあると思っているのは、一つの家族に拘泥《こうでい》しすぎると失くしたときに喪失感がすごいです。だからもうちょっと分散させて。

勝谷　あははは。飲み屋のオヤジが説教してるみたいになっちゃったけど、でもその通りです。今日は堀江さんと意見が一致しました。

堀江　ありがとうございました。

榎木　無理をせず、二人とそのまま今の関係でということで。

※サンテレビは国から割り当てられた物理チャンネル26、リモコン選択番号3。

第六章

ヨーコ ゼッターランド

Yoko Zetterlund

スポーツは人生の一部です。年をとっても
自分の体と対話しながらやることに価値がある。

Profile
1969年アメリカ生まれ。嘉悦大学バレーボール部監督。6歳から日本で育つ。1991年米ナショナルチームのトライアウトに合格。アメリカ代表としてバルセロナ五輪（銅）・アトランタ五輪に出場。スポーツキャスター、後進の指導など幅広く活躍中。

変わるスポーツマネジメント

勝谷　今日のゲストは、バレーボールのヨーコ ゼッターランドさん。堀江陽子さんって言ったほうが日本の皆さんにはわかりやすいかな。早稲田の後輩でもあります。

ヨーコ　こんばんは、よろしくお願いします。今日は本当に楽しみに参りました。

榎木　さすが背が高いですね。

勝谷　顔も小さくて10頭身くらいですね。あなたは5頭身くらいですけど（笑）。

榎木　5頭身は言いすぎです！

勝谷　何を飲まれますか?

ヨーコ　この櫻正宗の……こちらは何とお読みしたらよろしいですか?

勝谷　キンマレ、金稀ですね。櫻正宗の純米大吟醸です。

ヨーコ　では是非これを。

勝谷　ぼくはこれまであまりスポーツに関わってこなかった人間なんですけど、人生の中にスポーツをどう取り込んでいくのか、どうやってスポーツと付き合っていくかということを是非聞きたいと思います。

榎木　そうですね。

勝谷　ソチ五輪のノルディックスキー・ジャンプ男子ラージヒルで葛西紀明選手が銀メダルを取りました。

ヨーコ　本当に輝く40代ですね。

勝谷　新聞でもどれも41歳って見出しを付けてる。

榎木　やはり年齢は注目の一つですよね。

勝谷　ぼく53歳だから丁度一回り違う。だから、次もその次もオリンピックに出たら格好いい、みたいなのはあるよね。今の年齢って昔の8掛けくらいの感覚だから、41歳だと昔の30代前半ぐらい。

ヨーコ　同世代の友人たちが、「葛西さんを見たら元気が出るから、あんたも頑張れ」と言うんです。体を鍛えてる人を見ると、人間って年齢に関係なく進化するんだなって思います。

ヨーコ　団体の良さって15歳くらい年が離れていても一緒にプレーできるんですよね。私も現役時代、一回りほど下の選手からお母さんって言われましたもの。そこまで面倒見よくないよって言ったんですけど（笑）。

勝谷　スキーの団体でトップレベルで争ってるのはドイツとオーストリア。スキーで生きてるような人たちだよ。そこに東洋の国が3位に入るってすごいことだよ。

ヨーコ　そうですよ。日本の冬季競技はものすごく予算が少なくて本当に大変なんです。

勝谷　カーリングはみんなママさんたちで、子育てして復帰したんだよ。格好いいよね。あのママさんたちの落ち着きぶり。

ヨーコ　貫禄というか重心の位置というか。人としての重心の位置がどしっと決まってる感じがします。

勝谷　榎木はまだそれが無いんだよ。ふわふわしてるだろう。

榎木　ママじゃないから。でも体力面はどうなんでしょう。ママになってからって。

ヨーコ　人それぞれだと思います。昔の話なんですけど、キューバのバレーボール選手が妊娠中ずっと大会に出てたんですよ。周りは誰も気付かない。なんでかというと普通にジャンプしてるから。これは稀なケースだと思うんですけど。で、彼女が出産後に言ったのが、出産してからのほうが前よりジャンプできるって。

勝谷　体が軽くなったってこと。

ヨーコ　多分ナチュラルウェイトトレーニングをやってたんですよね。

榎木　イルカショーのイルカもですよね。
勝谷　突然すごいとこにいくなぁ（笑）。
榎木　妊娠中でもイルカショーのイルカはジャンプに参加するんですよ。
勝谷　妊婦さんも安定期なら運動しろっていうもんね。野生だったら捕食しなきゃ生きていけない。休んでるわけにはいかないんだからね。妊婦さんもそっちの方が自然なのかもしれないね。
ヨーコ　子育てしながらだから栄養面で気をつけていることもあるんでしょうけど、アスリートは平均して出産後の方が調子がいい、気持ちの面でも落ち着くって言う人は多いですね。
勝谷　欧米では割と普通でしたけど、日本は妊娠出産で引退という暗黙のルールみたいなのがあって。
ヨーコ　そうですね。
勝谷　だけど最近出産後も活躍する人が増えてるのは、いいことですよね。
ヨーコ　周りの協力もあると思います。それまで男子にしか見られなかった光景、例えば勝ったあとにギャラリーの方に行って、子どもさんを抱っこしてコートに降りるというのがあったんです。私がオリンピックに出たときに、それをブラジルの女子選手がやってるのを見て、すごく微笑ましくて。

勝谷　日本のバレーボールは、ぼくらが漫画で読んでたような、スポ根の世界だったから、余計ギャップがあったんですよね。海外の、ある意味楽しみながらスポーツをするというのは。

ヨーコ　そうですね。私はアメリカのチームも経験したんですけど、向こうでは負けてもそんなに悲壮感漂う感じじゃなくて、結構立ち直りが早いんですよ。もう少し反省したほうがいいんじゃないって思うときもあったくらい。もちろんコートに立ったときは全てを注ぎ込んでやるんだけど、コートから離れたらスポーツは人生の一部だからって監督から言われました。

勝谷　その通りですね。国際社会的にはスポーツに限らず再チャレンジをさせてくれる。日本は、甲子園で泣きながら砂を持って帰るのが慣習だったり、何回も投げさせて肩を壊してしまう選手もいる。今は随分変わってきましたけどね。

ヨーコ　変わりましたね。

勝谷　素質ある高校生を潰してしまうような……。それはバレーの世界にもあったでしょう。昔は水飲むなって言ってましたしね。

ヨーコ　先輩に見つかったら大変だったんですよ。休憩の合間に冷水機のところで水飲んでたら先輩が通りかかって、「飲んでたでしょう」って言われて、うがいしてただけですって。

榎木　言い訳しなきゃいけないぐらいだったんですね。今は休憩中、必ずお水を飲むようになりましたね。

勝谷　昔だったら神社の石段をうさぎ跳びしながら上がってたんだよ。あんなことを今やったら大変ですよ。

ヨーコ　そうですね。一概に以前と今を比較できないとは思うんですけど、水飲まなかったからって倒れた人もいなかったんですよね。不思議ですけど。

榎木　その当時ですか？

ヨーコ　うさぎ跳びで足は頑丈になったかもしれないですけど、膝を痛めたってのをあまり聞いたことないです。表面化することが少なかったのかも知れませんが。亡くなられた河西昌枝さん（１９６４年・東京五輪女子バレー・コーチ兼主将）には、子どもの頃からよくしていただいたんです。「ここが痛いのよ」って仰って、手の甲を見るとポコッてなってるんですよ。「前になんか痛いと思ってレントゲン撮ったら、だいぶ前に骨折してますよって言われて、でもそのまま練習してたら治っちゃった」って（笑）。

勝谷　今だったらすぐ検査して、テーピングしたりするけどね。昔は知らなかったという幸せはありますよね。

ヨーコ　そうですね。

勝谷　故障って最近はすぐに一面になるけど、昔は記事どころか故障っていうだけで、お前ダメだろうって。

榎木　それは日本の特徴なんですかね。

勝谷　やっぱりスポーツ全体をケアするマネジメントは欧米の方が進んでるよね。アスリートにお金かけてたから。

榎木　財産としてのアスリートですか？

ヨーコ　そうですね、それもありますし、上のレベルになればなるほど分業制です。日本の高校だと先生が監督やトレーナーの役割をしたり、全部ご自身でされますよね。でも向こうは大学くらいからトレーナーがいます。これ以上やらせたらダメだってトレーナーが言うのを監督が無理にやらせて何かあったときには監督の責任問題になる。専門的なことは専門家に任せるという分業制のいいところだと思いますね。

ルール変更に負けない日本のアスリート

勝谷　ヨーコさんは、お生まれがアメリカなんですね。

ヨーコ　はい。私はアメリカ生まれで、父はスウェーデンから移住したスウェーデン系アメリカ人なんですね。母は日本人です。

勝谷　アメリカで生まれていくつまでいたの？

ヨーコ　6歳までいて、小学校一年生から日本の小学校に放り込まれました。

勝谷　言葉はどうでしたか？

ヨーコ　サンフランシスコは、日本の商社とか医療関係の方がすごく多くて、公立の幼稚園でしたが、クラスの半分が日本人でした。だから、両方の言葉の併用教育があったので、聞き取ることは大丈夫だったんです。うんうんって返事ができても、やっぱり話すのは難しいですね。言葉が出てこない。

勝谷　それは大変だったでしょう。

ヨーコ　習うより慣れろとはいっても、私自身が、自分が話してることが周りに何一つ伝わってないということに気がついてない。日本語喋れないのとか聞かれて、英語で答えてしまう。そういうのが数カ月続いていたと思います。

勝谷　きっと当時から背も高かっただろうし。

ヨーコ　そうなんです。

榎木　背が高くて目立つ存在だったわけですね。

勝谷　あっ、面と向かうと目の色が少し違いますね……。

ヨーコ　光の加減で目の色が変わるって言われます。

榎木　素敵！

勝谷　バレーはいつから始めたんですか？

ヨーコ　母が大昔、バレー選手だったんです。実は河西昌枝さんと同じ昭和8年生まれで、世界選手権とか遠征をご一緒させていただいた仲で。なんとなく馴染んではいたんです。

勝谷　お母様はすごい選手だったんですね。

ヨーコ　日本代表だったようです。私はアメリカにいたときから、レクリエーションセンターでプレーしてたんですけど、本気でオリンピックを目指したいと思ったのは小学校5年生でした。

榎木　えっ、小学校5年生で！

ヨーコ　周りにチームがなくて、本当に部活として取り組んだのは中学1年生、12歳からです。私が日本に母と一緒に帰ってきた当時の国籍法では、父親が日本人でなければ日本の国籍を取ることはできなかったんです。高校2年になるまで、実に日本に来てから10年間はアメリカ国籍でした。通称名は母の旧姓の堀江を使っていたんです。

勝谷　日本のチームに入られたのは、国籍が変わられたんですか?

ヨーコ　厳密に言うと私は日本のナショナルチームに選ばれたことは一度も無いんです。大学1年の世界ジュニア選手権の日本代表までは選んでいただいたんですけど、ナショナルチームには一度も選ばれてない。

勝谷　それは初めて聞いた。そういうことをちゃんとメディアは報道すべきだよな。国籍の問題っていうのは、今も苦しんでいる人がいっぱいいるわけで。

ヨーコ　そうですね。

勝谷　ワールドワイドに考えたらおかしな話ですね。みんな楽々と国籍を越えて、活躍してるのに。

榎木　元がどこかわからなくなっちゃうくらい。

勝谷　出やすいところから出る、みたいな時代なのに、日本は厳密すぎますよね。

ヨーコ　確かに勝谷さんがおっしゃるように、お金をたくさん持ってるアジアの国がサッカー選手なり陸上選手を集めて、国籍を変えて出るっていうのはあります。それぞれの競技の国際ルールに則って、前に何処かの国の代表で出ていたとしたら、最後の日から2年とか3年は代表にはなれないとか、そういうルールはあるんですけどね。

勝谷　そもそもヨーコさんがおっしゃってた、父親がスウェーデン系だけどアメリカ人っていうように、一代前にさかのぼるだけでも国が違うのに。

榎木　その部分で結構苦しまれましたか?

ヨーコ　ええ。アメリカのチームは皆アメリカ国籍をもってますが、ルーツはアフリカの選手もいればヨーロッパの選手もいる。同じ黒人でも中南米系もいればアフリカ系もいる。全然違うんですよね。アメリカで生まれ育ってもバックグラウンドが違うので、それに対するこだわりが突然ある場面で出てきたりするんですよ。そのときに初めてその人のバックグランドやルーツを知るっていう面白さはありましたね。

勝谷　そんな国で、しかも3億人ぐらいいる国とメダルを争ってる日本はすごいね。連合軍みたいなところであらゆる民族からアスリートのトップが来て、だから大リーグとかフットボールなんか本当にすごい。その大リーグにイチローさんや田中将大さんが行くって本当にすごいことなんだよ。

ヨーコ 助っ人ではなく主力というのがさらにすごいですね。

勝谷 たかだか東洋の1億人ぐらいしかいない国から出て行って、身体能力が元々そんなによくないのに向こうでやるのは大変なことなんだよね。

ヨーコ ソチの冬季五輪でも、フィギュアスケートの男子シングルでメダルを獲った全員がアジア系なんですよ。羽生結弦、パトリック・チャンもカナダだけどアジア系、デニス・テンも韓国系カザフスタンなんですよね。表彰台にアジア系の選手が3人上がったって、すごいなって思って。

勝谷 もともと冬季五輪っていうのはヨーロッパの貴族の楽しみだったわけだから、アジア人が勝つとカチンとくるんだよ。だからフィギュアとジャンプはずっとルールが変更され続けてる。

ヨーコ そうですよね。

勝谷 ましてや今回、葛西さんがノルディックで2位。これ大ショックだと思うんですよ。ノルディックってキングオブスキーだから。

ヨーコ きっとまたすぐにルール変更があると思います。長野で男子のスキージャンプ団体は金メダルを取りましたけど、やっぱりその後ルール変更があって、それに結構苦しんだんですよね。

勝谷　バレーボールでも同じようなことはあるんですか？

ヨーコ　あります。例えばリベロっていうポジション。ユニホームが一人だけ違って、自由に出入りできるポジションなんです。あれは背の小さい選手、ナショナルレベルに限らず、これからバレーをやろうっていう子が、身長が低いとできないんだなって手前で諦めちゃうことが無いように、守備固めの選手がいてもいいということでできたポジションでもあるんですよ。欧米と比べて小さいアジアの選手にとっていいポジションなんです。でも、この制度ができた頃、ロシアなどは守備の上手い185センチぐらいのエースをリベロに持ってきたんですよ。そうすると、決まったかなと思ったらいきなりリベロが伸び上がって、打ったボールが弾かれずに繋がっちゃう。

勝谷　スポーツに限らず国際社会の政治や経済も、そういうルール変更をしてくる。日本が憲法9条を守りましょう、守ってるから偉いでしょうって言っても向こうは認めないんだ。相手が自分に有利なようにルールを変えてくるというのもスポーツのうちなんだよね。

ヨーコ　はい、そこでまた工夫して工夫して打ち勝っていく。

勝谷　日本人はルールを変えられても耐え忍んで勝つんだよ。回転レシーブとか根性でやっちゃうんだ。

ヨーコ　耐えてる期間が5大会、20年ぐらいかかったりするんです。

勝谷　日本のマンガや小説ではそれがかっこいいことみたいになってしまうけど、向こうからしたら、へ？　みたいな。

ヨーコ　そうですね。あとは日本の技術ですね。道具がものをいう競技は、いろんな工夫をします。職人ですもんね。

勝谷　これを経済でいうと、向こうはどんどんルール変えてくるのに、こっちは技術だけ。向こうはどんどん特許を勝手に取ってるのに、こっちは技を磨いて勝つみたいな。日本人の良いところでもありますけど。

ヨーコ　そうですね。

年を重ねて体と対話するスポーツへ

勝谷　アスリートとしてのピークがどこかというのは本当に難しい問題ですね。ソチ五輪でも高梨沙羅ちゃんは17歳、羽生結弦君だって19歳。

榎木　沙羅ちゃんの場合、マスコミが加熱してやり過ぎたのが原因ではないんですかね。

勝谷　飛ぶ前にインタビューしたらダメだと思うんだけどね。頬が完全に硬直してたから全身の筋肉が硬直してるなと、可哀想だと思うね。

ヨーコ　ジャンプしたときが追い風だったとか、いろいろあるんだろうけれど、オリンピックで金メダルを期待されてる選手には間違いなくかかってくる重圧ですね。マスコミの取り上げ方も含めて、それを17歳で感じなきゃいけない。もっとそっとしてあげるというのもあるとは思うんですけど。

勝谷　だけどその重圧は感じといた方がいいし、シビアなことを言うと次は無いかもしれない。それはワンチャンスなんですよ。日本の報道って甘い方に甘い方にいく。

ヨーコ　特に年齢が若いとか、そうじゃないというところを見る。17歳でものすごく成熟度の高い選手もいれば、何年もかかって成熟する人もいる。

榎木　精神面も鍛えてますね。

ヨーコ　10代って一概に言いたくないんですけど、羽生君しかり高梨さんしかり、コメントがしっかりしてるなって。

勝谷　しっかりしすぎてるなって思うね。スノーボードの「あいーっす」みたいな選手もいてね（笑）。向こうの選手って結構ああいう喋り方なんだよ。

ヨーコ　若者文化って、ちょっとしたいい意味での軽さですよね。でも、やっぱり日本人としては正しく美しい日本語を聞きたいという願望もあるんですよ。

勝谷　文法的にちゃんとなった日本語ね。ところで、ヨーコさんがバレーをするのに早稲田ってどうだったんですか？

ヨーコ　当時はとても弱かったですね。

勝谷　スポーツオンリーじゃなくていろんなことを学びたいと思って早稲田に？

ヨーコ　それもありました。ずっと同じ年齢、同じ価値観のチームの中で、オリンピック目指してひたすらバレーボール漬けの生活をしてた。それをするのが当たり前だと思っていたところに、バレーボール以外の方々とお会いする機会があったんです。いろんなお話を聞くうちに、自分の選手としての幅を広げたいなら、人間的な幅も知識ももっと広め、深めないと、世界のトップとして生き残ることは厳しいかなって。まずその基礎作りをしようと思ったとき、たまたま周りに早稲田の関係者が多かったんです。野球やラグビーなど違う競技の人の話を聞いてるうちに、集まってくる人の数の多さや、目指すところは同じでも、取り組み方や価値観が違う面白さはあると思いました。大変だけど学べることはたくさんあると思って早稲田を選びました。

勝谷　練習は記念会堂でした？

ヨーコ　はい。

勝谷　古い体育館でね、そこでぼくらも体育の授業を受けました。ぼくは早稲田大学を5年かけて卒業しました。体育を落としましたから。

榎木　体育を落とす学生いるんですか？

勝谷　普通落とさないね。卒論書いて就職まで決まってるのに剣道で落とされた。ありえないぞ。早稲田って体育の選択が学年が上になるほど難しくなるんです。好きなの取れなくなるから、早いうちに取りなさいってことなの。ぼくは5年のときに、絶対取れると聞いて第二文学部の夜8時からの卓球にした。

榎木　楽しそう！

勝谷　楽しくねーよ！　既に風俗ライターだったから、ハイヤーで夜その時刻に乗り付けて、卓球やって帰ったよ。
榎木　そんな学生他にいないですよね。
勝谷　卓球のためだけに1年分20何万円も学費払ったんだぞ！
榎木　その1単位のために。
ヨーコ　でもね、女子バレー部が使わせてもらえるのは土日だけだったんです。当時、平日は早稲田実業が大学のキャンパスの近くにあって、バレー部の先生が男子バレー部のOBで、ご厚意で体育館を貸していただいていたんです。そこまでランニングしていってね。女子はあっち行ってとか言われて悔しかったですね。
勝谷　そんな中で世界と競り合っていったわけだからすごいよね。
ヨーコ　どうでしょうね、入ったときはものすごく弱いチームだったので、「文武両道もいいかもしれないけど、世界を目指すんだったら余計なことをやってる暇はない」って言われた。その人、慶応卒だったんですけど。
榎木　勉強は余計だって言われたんですか？
ヨーコ　直接言われたんじゃなくて、マスコミから、「大学バレーで日本代表を目指すのはピアニストがヴァイオリンを弾くようなもの、とおっしゃってましたが、どう思いますか?」って聞かれたんです。「でも楽器には違いないから音感は狂わないんじゃないですか?」って余計なこと言っちゃった。

勝谷　当時の女子バレーは強い高校を出たら実業団から全日本入りするのが王道でしたからね。今、大学で教えられてるのは人生とスポーツの融合。ぼく45歳でボクサーになりまして。8年間で1勝8敗。あ、まだ1勝7敗だ。今度試合があるんだよ。

榎木　未来を予言してしまいましたね。

勝谷　うるさいな!

ヨーコ　ボクササイズを体験したとき、疲れてくるとサンドバックを叩こうとしても腕が上がらなくなってくるんですね。上がらないんだけど自分の腕があるということの快感というか、気持ちがだんだん高揚してきて、打ち続けちゃった。

勝谷　45歳過ぎてからでも体力は上がりますよね。

ヨーコ　上がりますよ。

勝谷　スタミナは断然ついてますよね。でもみんな諦めモードから入る。

ヨーコ　トシだからとかね。

勝谷　瞬発力や動体視力はまずいところありますけど。

榎木　それ、上がったって言えますか？

勝谷　スタミナは感じてるよ。柔らかさも、柔軟性もつきます。

ヨーコ　そうですね、柔軟性とか心肺機能とかも鍛えられますよね。

勝谷　これをどんどんやったら日本の医療費は下がると思うよ。入院させて点滴することにお金かけるんだったら、ボクシングジムに行けって言いたい。

ヨーコ　どんな形でもいいからスポーツをやっていただきたい。

勝谷　でね、やっぱり怪我するんですよ。若い頃は放っといても自然に治るんです。でもこの年になると、そこに対話があるんですね。ここが悪いんだから、ここを養生しながらやろうとか。

ヨーコ　そうですね。生きていく上で、人として経験をしていくのは身体あってのことです。自分の身体と対話できるレベルまでいくとスポーツはすごいと思います。

勝谷　人生のうち、勢いでスポーツできる部分と、対話しながらのスポーツの部分、そこのところを広めていただきたいと思うんですよ。これが本当の文化としてのスポーツじゃないかと思うんですが

ヨーコ　頑張ります。トップレベルの選手に10代もいれば40代もいて、身体と対話をし始めたからこの年齢までいけるってことが見えるといいなと思うんですね。身体は資本となるものですから、それを大事にする、そこと対話をしながらやる。怪我をしたら前と同じようにはできないけど代わりにどうやったら同じくらいのパフォーマンスができるか、あるいはパフォーマンスを上げられるか。そうやって考えて工夫して努力を重ねていく、そこに価値があると思いますね。

スポーツは人生の一部

榎木　海外でバレーをやられて、常識だと思ってたのが違ったというのはありました？

ヨーコ　アメリカにいたときに、「ヨーコ、ボーイフレンドは?」って監督から聞かれました。日本で監督からそんなこと聞かれたら、かまをかけられてるんじゃないかと警戒心が出ます。色気づいてとか、そんな遊んでる暇があったら千本ぐらいサーブ打っとけみたいなことを言われるんですね。でも、アメリカではそれが人生の一部だと考えているので、ボーイフレンドがいる、夫がいる、それでその人がメンタル面で充実して、コート上で反映されればオッケー。監督は大歓迎だったんですね。もちろんその反対でメンタル面が落ち込むときもあるんです。同僚が朝からずっと泣きっぱなしで、監督に話をして、練習中に帰っちゃったんですよ。あとで聞いたら、ボーイフレンドと上手くいかなくて、立ち直れなくなっちゃったんですって。監督も「今日は帰っていいから」って。

榎木　いいんですか、そんなことで帰って。

ヨーコ　監督がOK出したからいいんですね。ボーイフレンドと上手くいかないって、それありなの？　ナショナルチームなのにって思いましたけど。

勝谷　ありなんだなぁ。

ヨーコ　人間がやっていることなので、プラスのこともマイナスのこともハンドリングしながら競技を続けるということ。マイナスのことがあってもそれを競技で出さない方向に持っていくということも含めて一人の人として見てるんだなと。

勝谷　それを今教えてらっしゃるんですよね。

ヨーコ　はい。前に聞いたらうちの大学は恋愛禁止だって。ダメって言ったら絶対にかいくぐってやるに決まってるんですよ。自分だって経験ありますから。お菓子食べちゃダメってわかってても、隠れて絶対食べてますから。指導者としてどうかと思う半面、やっぱり火傷しないとわからないことってあると思うんですよ。大火傷になる手前ぐらいのところで止めないといけない。

勝谷　あちっ！　ていうところでね。

ヨーコ　お菓子を食べ続ける、当然体重が増え、体脂肪も増える、そしてパフォーマンスは落ちる。少なくとも体をよくしようと思ったらそういう余分なものはカットしていくわけですよね。自分でやったマイナスなことは自分に返ってくるから、そういうときはちょっと火傷しないとダメかなと思います。そこから学べばいいかなって。チームを持って1年ちょっと、フルタイムコミットメントは初めてなんですが、これも教える方としては辛抱かなと思うんです。

勝谷　ヨーコさんは日本人のメンタリティと海外のメンタリティ両方あるね。

榎木　いい部分をミックスされてる。

勝谷　それは大事なことかもしれないな。2020年東京五輪に選手を送り込みたいじゃないですか。

ヨーコ　そうですね、私自身も大学スポーツ出身ですし、現役の大学生がそのままスタメンでオリンピックで活躍することが夢ですね。ロンドン五輪で、バレーでは21～23歳ぐらいの実業団の選手がヤングパワーと言われて活躍しました。大学の2～4年生ぐらいなんですよね。実業団ができて、現役の大学生ができないというのは、結局練習時間なんです。1月から3月なんて毎日練習できる。できる時間があるのに実業団を追い越せない。だからそこを追い越せるようにしたい。それが一つの夢かな。

【お悩み相談】

榎木　20代女性からのお悩みです。私は今、背が低い彼氏とお付き合いをしています。私自身は何とも思わないのですが、彼の両親に会ったときに、ちょっと身長が気になると言われたみたいなんです。男性の方が背が高いのが当たり前だという考え方はおかしいと思うのですが、皆さんのご意見を聞かせてください、ということなんですが。ヨーコさんの経験としては。

勝谷　人生ほとんど、そういう体験でしょう。

ヨーコ　以前、野村克也監督に長時間インタビューしたことがあるんですが、一番最後に「あんた背の低い人にモテるやろ」って言われたんですよ。そのときは、あははって笑って濁したんですけど、そうなんです。付き合いはしなかったけど、お付き合いしてくださいって言われるのは大抵私より背の低い人が多かったです。

榎木　それはどうしてですか？

ヨーコ　わからないです。

勝谷　下から見上げると美しい（笑）。

ヨーコ　人は自分にない物を求めるんですよ。

榎木　ヨーコさんは背の低い男性は好きですか？

ヨーコ　自分と価値観が合うとかの方が大事です。若いときだったら絶対背の高い人がいいと思ったけど。だいたい彼女はすごい小さい人が多いです、男子バレーの選手やバスケの選手の奥さんが大きいという人に会ったことないです。面白いくらい。

榎木　編集長もオッケー？

勝谷　いや、俺はモテないからいいんだよ。

榎木　背の高い女性から？

勝谷　いや、どっちも。だいたいね、それは中高生くらいの悩みですよ。

ヨーコ　20代で、お二人が好き合ってるんでしょう。相手の方のお母さんが身長って……、私なんでこんなに気合い入れて話してんだろ（笑）。

榎木　いえいえ、親身になって答えていただいて嬉しいですよ。

勝谷　結婚式の写真を意識してるんだよ。そんなものは、上げ底すればいい話で。

榎木　シークレットブーツがいろいろありますよ。

ヨーコ　写真撮るときは、奥さんが椅子に座って旦那さん立てば大丈夫ですよ。

勝谷　政治家だって小説家だってやってるじゃないですか。

榎木　こっそり履いてるんですか？

勝谷　履いてる履いてる。

ヨーコ　私が知ってる外国人の監督も、何人かはスポーツシューズなのになんか底が厚い。特注で作らせてたんですって。

勝谷　ということで、オッケーということです。

榎木　お互いが好き同士であれば。

ヨーコ　シークレットブーツがあれば大丈夫。

第七章

熊井 英水・林 宏樹

Hidemi Kumai・Hiroki Hayashi

クロマグロの完全養殖は、資源を減らさずに持続的に魚を供給することができます。

Profile

熊井 英水
1935年長野県塩尻市生まれ。近畿大学理事・名誉教授。近畿大学水産研究所元所長。長年魚類養殖に携わり、数々の海産魚の完全養殖に成功。著書に「究極のクロマグロ完全養殖物語」(日本経済新聞出版社)ほか。

林 宏樹
1969年京都市生まれ。フリーライター。同志社大学商学部卒業。東京農業大学農学研究科中退。著書に「近大マグロの奇跡」(新潮文庫)、京都の銭湯を紹介した「京都極楽銭湯案内」「京都極楽銭湯読本」(共に淡交社)などがある。

完全養殖成功までの軌跡

勝谷　近大マグロはもう全国区です。今日は近大マグロの育ての親である熊井先生と『近大マグロの奇跡』という本を書いたライターの林さんに来ていただきました。

熊井　この本に素敵な解説をありがとうございました。

勝谷　いやいや、皆さんにもぜひ読んでいただきたいと思います。この二人をここに呼んでも持ってきてもらえないくらい人気で品薄の近大マグロです。グランフロント大阪や銀座の直営店でも行列ができて売り切れてます。

榎木　マグロはないけど、お酒はあるということで、お酒のご注文を先に。

熊井　日本酒で行きましょうか。

林　私も日本酒で。

勝谷　じゃあぼくが選びます。香住鶴の大吟醸を二つください。ご本で読ませていただきましたけど、熊井先生の恩師で、水産研究所で陣頭指揮をとっておられた原田輝雄先生は、ぼくら信州人の誇りですよ。信州には塩鯖とか、ガチガチの棒鱈のような魚しか無かったんですよね。そこから出てこられて、世界に冠たるマグロを作り出された。熊井先生も長野県のご出身で、なんでこちらの方に来られたんですか?

熊井　我々が育った戦中戦後は、県外へ出ることすら許されなかった時代です。海なんて見たことがなかったから、海への憧れはすごかったですね。海が見たくて海軍に志願した人たちが大勢いたくらいです。私も海や水に関係する仕事をやりたかったのは事実ですね。

勝谷　世界で初めてマグロの完全養殖に成功して、ぼくらの口に入るところまで作り上げるまでに、どのくらいの期間をかけたんでしたっけ?

熊井　32年です。

勝谷　そもそも一つの企業で32年も何かのことに投資するということはありえません。途中でやめちゃう。国だったら予算を切る、企業だったら経営会議でストップがかかる。これを32年間もコツコツと続けてきたというのが先生のお力だし、それを物語にしたのが林さんのお力。最初の親本は、化学同人という出版社から出ていました。

林　京都の出版社ですね。

勝谷　林さんは元々京都で銭湯のことなんかを書いておられて、化学同人からこれを出された。売れると食いつく新潮社が文庫にした。今日もなぜか編集者が来てます(笑)。今はとても美味しいんだけど、最初の頃はそんなに美味しくなかったって聞いたんです。

熊井　そうなんですよ。

勝谷　それがどこの料亭に出しても恥ずかしくない味になった。その物語を是非聞きたいと思います。そもそもなんでマグロを始めようと思ったんですか？

熊井　我々の研究所では、ハマチから始まって、ヒラメ、鯛、いわゆる海産魚の主だったものはほとんどやり尽くしてきたんです。あとに残ったのはマグロだった。

勝谷　近大っていうとマグロばかり取り上げられるけど、実は日本の養殖のてっぺんをずっと取ってます。

熊井　養殖というのは淡水魚と海産魚とがあって、淡水魚の養殖は千何百年も昔からあるんですけど、海産魚はまだ50～60年の歴史しかないんです。だから、近大の水産研究所の歴史と共に日本の海産魚の養殖ができている。そう言っても過言じゃないと思います。

勝谷　林さんの本は、世界の中で今マグロはどんなにやばいことになってるか、というところまで掘り下げて書いていらっしゃる。世界的にマグロはどうなんですか。

林　やっぱり日本がものすごく食べてますから、批判を浴びるのは日本が多いですね。

勝谷　今は中国人がガンガン食べてます。それで市場全体がプアーになるといわれて、そうすると日本人が食ってるじゃないか、日本ばかりがマグロを獲ってるじゃないかという話になってくる。だからますます養殖が注目されてきたという背景があるわけですね。

林　この状況を見越して、昭和45年に研究が始まってるってところが、またすごいと思うんです。

勝谷　近畿大学という組織が、30年間に渡ってお金を出し続けて作ったっていうのは、世耕弘一さんの一存ですね。

熊井　そうですね。

勝谷　この本の解説にも書いたんですけど、いい意味での独裁者だと。つまり、俺がやれって言えばやるんだということを世耕一族がずっと言ってくれたので、このマグロがあるという部分もあるわけです。

熊井　初代の世耕弘一総長。この方がもう、戦後すぐに「これからは日本の人口がどんどん増える。食料が足りなくなる、陸上の食料でだけはもたないから海を耕そう」。こういう発想ですからね。

勝谷　すごいなあ。

熊井　「大学は沢山ある。基礎研究も大事だけど応用研究、実学も大事。近大はこれをやろう」と、こういう発想は素晴らしいと思います。

勝谷　よそができないからうちがやるんだ、ということで本当にやってのけた。読み始めは、本当に上手くいくのかなと思いました。だって何万匹って孵化させて、ほとんど生き残らないんですから。

林　水産庁の予算がついた最初の3年間の研究は、近大以外も結果らしい結果は残せていなかった。他が撤退しても近大は、もちろん総長のご支援もあったとは思うんですけど、それまで養殖した魚を売ってお金を作って、それを研究に突っ込むという、これも大学としてはすごいことです。

勝谷　普通だったらその3年間の補助金が無くなった段階でプロジェクトを打ち切っちゃう。ある意味自腹でその後もやったのが近大の太っ腹。本当はこういうところに投資をしなければいけないですよね。

林　お金の回し方がすごいですね。

勝谷　先生が入られたときはどんな感じでした？

熊井　正規の職員は4人しかいませんでした。今は200人ぐらいですが。その当時はハマチの養殖から始めまして、私の前の所長の原田先生が非常に偉くて、この人がいたからこそ基礎ができたと私は思っています。

勝谷　原田先生が歯を食いしばるようにやって、それを総長その他が支えられたということですね。

熊井　ハマチって体重の7～8倍の餌を食べるんです。

勝谷　コストパフォーマンスが悪いわけですね。

熊井　財務へ行ったら、「魚の餌代なんか払えるか」って言われて。我々がどうしたかというとね、原田先生と私で銀行にお金を借りに行ったんですよ。

勝谷　そんなことまでしたんですか？

熊井　やった。「若僧には貸せん」って言われましてね。そのときの所長が山口の資産家だったんで、その先生のハンコで一旦借りたんです。

勝谷　やばいですね。

熊井　そういうこともありました。それから、いいものを作って一般の人に評価してもらうにはやっぱり中央市場。で、大阪の中央市場に出したんですよ。その一つの会社の専務さんが、近大が本格的にやるんだったら応援しようと申し出てくださって、本当に助かりました。そして、作った魚を売ってそのお金で次の餌を買い、実験器具を買い、今までできたわけですね。

勝谷　さっきぼく、私大だからできるように言ったけどそうじゃないんですね。その中でお金をちゃんと回すようにしないとハンコもついてもらえないわけで、これを読んで感動したのが、地元の漁師さんの支え。

林　クロマグロの幼魚は、ヨコワっていう呼び名なんですけど、皮膚が弱いので、手で触るだけで弱って死んでしまうんです。それを網で獲ると、獲った時点で弱ってしまって生簀に入れられない。ヨコワを傷付けずに釣り上げるのはすごい技術が必要。

榎木　その釣りの技術がいろいろあって、それも漁師さんたちが教えてくださる。

林　元々南紀では、「ケンケン釣り」と呼ばれる曳き縄釣り漁法でヨコワ漁が行われていました。その針の返しの部分を金槌で叩いて魚を外しやすいようにして、なるべく魚に触れないでポリバケツに一匹一匹釣り上げる。そういう苦労がありました。でもそうやれば釣れるってわかるまでにまた3～4年かかる。

勝谷　年に一回しかテストができないことを繰り返すことの大変さ、辛さというのは途方もないものがある。本当に奇跡なんですね。奇跡なんだけどその奇跡が学術の方と地元の人、それと本にまとめた林さんの奇跡。こういう奇跡がいくつも重ならないとできない。漁師さんだって特にお金になるわけでもないのに、目の前に近大から来て一生懸命やってる変な人がいる。じゃあこうしたらいいんじゃない？　ってアドバイスするんですもんね。

榎木　途中で大きな反対はなかったんですか？

熊井　もちろんありました。マグロじゃない他の魚で成功して市場へ出してますからね。漁師の邪魔をしていると新聞に書かれたこともあります。今では大学ベンチャーで奨励しているんですけど、そのころは随分いろいろと書かれました。「今に見てろ」という気概で功を奏したと今でこそ思えますが……。

勝谷　地元の名前も知られるし、共存共栄できるとようやく理解してもらえるようになったんですね。一つの大学としてのあるべき姿だと思います。

10月10日はマグロの日

勝谷　今日、近大マグロは持ってきてもらえなかったのよ。貴重すぎて。

榎木　編集長、ずっと言ってますね。先生は普段から食べ放題ですか？

勝谷　何言ってんだよ（笑）。

熊井　そんなことはないですよ。

榎木　研究所では食べ放題なのかなと。

熊井　いや、なかなかねぇ。本当は味を見て、これはいいと自信を持ちたいんですけどね。

勝谷　育てているのは和歌山だけじゃないですね。

熊井　奄美大島でも育てています。

勝谷　近大マグロっていう名前が一人歩きしてるけど、将来「日本マグロ」って名前になって世界中に出て行くかもしれません。ところで林さんは元々は銭湯の話を書かれてたんですね。

林　はい、そうです。

勝谷　京都にお住まいで、銭湯を書く前は何をしてらっしゃったんですか？

林　ふらふらしてたんです（笑）。

勝谷　でもライターになるってことは、書くきっかけか出会いがあったんでしょう。

林　経歴話すとグダグダなんですけど、同志社大学出て食品メーカーに5年間勤めまして、そのあと東京農大に入り直したんですよ。最初、化学同人さんに行ったときに、農学部だってことでお声がけいただいたと思います。

勝谷　林さんの著述がすごい理系的なんですよ。

林　化学同人さんは、元々理系の教科書や専門書を出されている出版社です。そこにたまたまライター駆け出しのぼくが、全く別の取材で伺いまして、取材のあと部長との雑談のなかで、「林さんどんな仕事してるんですか?」って、「いや銭湯が好きで回って本を書いたり、京都関係のことちょこちょこ書いてます」って、「大学どこ?」て聞かれて、「東京農大も出てます」「今、ライター探してるんです」って話に繋がったんです。

勝谷　縁っていうのはわからないもんですね。

林　仕事に行ったのに仕事もらって帰ってきた。

勝谷　今はマグロだけですけど、これからは総合企業ですね。

熊井　そうです。海産魚の主流なものはかなりやってますから。

榎木　養殖ってどんな順番で育てるんですか?

熊井　歴史的に見ると最初の養殖は、天然の稚魚をとってきて餌をやって、商品価値が出たら売るという単純なもの。

勝谷　以後、それが一般的な養殖の方法になりますね。

熊井　これでは、天然の資源をどんどん減らしてしまうということから、一部を親にして、親から卵を採って育てる。彼らの一生を一巡させる。それをどんどん持続的につなげていくと、資源が減らなくてずっと続けていける。

勝谷　完全養殖ってそういうことなんですね。そうじゃないと、例えばシラスのような、稚魚をどんどんとるようになると、資源が減ってしまう。卵を産ませるところからやることに意味があるわけです。これは世界に冠たる日本の技術で、世界的な漁業資源もこれでキープできる。今、鉱山とかの資源、石油にしても掘り放題、掘ったもん勝ちでしょう。だからそれってノーベル賞ものなんですよ。

熊井　アメリカは天然マグロじゃなくて近大マグロを使おうと。なぜかと言うと、人為的に持続できるから。天然だったらいつどうなるかわからない。完全養殖だったら人為的に完全に回していける。

勝谷　そうですか。

熊井　ええ、新聞に出てたんです。近大マグロを使うって。

勝谷　永続出来る生活環境の持続。その持続が一番大事なんだよ。自分たちでその環境を続けていけるかってことなんだよ。先生、本当だったら近畿大学のある大阪に住んで都会的な生活をするはずが、和歌山県民ですね。大変でしょう。

熊井　私はもう55年おりますから、海で生活するのが当たり前になってます。

勝谷　近大マグロっていうと頭でっかちの研究者ばかりかと思いがちですが、２００人いるスタッフの方々は地元の漁師さんとか小売仲間、いろいろなんですね。

熊井　本当に力のある人たちに支えられています。そして、その人材が外に出て、世界に広めていくという教育的観点もあります。

勝谷　今までマグロは一般的な養殖を地中海のあたりでしてたんです。そうすると環境団体がクロマグロを獲るのをやめようと言ってくるわけよ。

榎木　言ってくるんだ。

勝谷　先生のお陰で、「いや、もう天然のは獲らなくていいです。うちは完全養殖してますから」って言えるわけだ。本当に日本国のためにすごいことをしてくださってるんですね。

榎木　でも今、結構魚離れしてませんか？

勝谷　それは魚を知らないんだよ。きっかけがないだけで、魚の骨取るのが面倒くさいとかね。

榎木　子どもなんかはそのイメージが強いと思います。

勝谷　食べてみたら日本人には合うんだよ。

榎木　魚って切り身で泳いでると思ってる小学生がいたんですよ。この子どもたちは、魚に触れ合う機会が少ないんだなって感じたんです。

勝谷　お前、その話どこに持ってく？

榎木　えっ、先生も海とは元々接点がなかったって。

林　和食が世界文化遺産に登録されて魚食も注目されるかと思います。

勝谷　それは絶対ありますね。お箸で骨を取りよけて食べること自体が文化だと思うし。林さんはこれからマグロ一本で食っていくわけじゃないでしょう。

林　もちろん。新潮社がバンバン増刷してくれたら別ですけど（笑）。

勝谷　でも出会いは、たまたまなんですね。

林　本当にたまたまなんです。熊井先生の誕生日が10月10日なんですけど、10月10日って1010で銭湯の日。意外なところで繋がってた（笑）。

榎木　銭湯と繋がるとは思わなかったですね。

林　また10月10日はマグロの日でもあるんですよ。熊井先生のお誕生日でもあり、マグロの日でもあり、銭湯の日でもある。すごい重なりです。

勝谷　林さん、書く方で次はジャンル的にはどこへ行きたいんですか。

林　ちょっと言い方は悪いですけどこれは地に足がついた本ではないので。
勝谷　おい、おい。
林　いや、これはラッキーパンチがあたったようなものです。京都とか銭湯とか、そっちの方でしっかりと書いていければいいなと思ってます。
勝谷　京都の話は是非読んでみたいですね。先生は今、近大の名誉教授になられましたけど、やっぱりマグロは先生が指導していかなければしょうがないでしょう。
熊井　会議だとか、講演だとかは積極的にやらせていただいてます。
勝谷　だけどもうちょっと出荷していただかないと。で、近大マグロだけじゃなくて、近大ブランドがもっとできていいと思うんだ。
熊井　銀座なんかで、マグロ以外のものを安心安全そして美味しいというアピールをする。学術的には、例えば器をうちの文芸学部の陶芸コースの学生が作る。そして栄養的なところは、農学部の栄養学科の学生が企画するとかね、そういった総合的な実学、これを近畿大学が目指してるわけです。
勝谷　実学ってのはいい言葉ですね。グランフロントの店の運営はサントリーさんに任せてるんでしょう？　学生をもっと働かせたいですよね。

熊井　いいことですね。

勝谷　ああいう現場でお客さんへの接客をしてもらって、私が作った魚です、私が作った野菜ですって言ってほしいですよね。それが本当の実学ですから。

熊井　グランフロントの従業員も、実際の魚をどこで作ってるのか知らないんです。それで、串本までマグロ見学にスタッフの半分ぐらいが来てるんです。近大水産研究所の従業員も、銀座やグランフロントで自分らが作ったものがどういう風にして皆さんに喜ばれているか、その見学も交代でやっています。

勝谷　是非お客さんにも行ってほしい、子どもたちが牛を食べるときも牛が屠畜されてる状況を見るか見ないかって大きいことなんですよ。魚だったらもうちょっとショックが少ないから。魚がどうやって自分たちの口に入るのか、そこまでトータルにやるのが総合大学のすごいとこで、まさにそれが教育ですよ。

熊井　そうですね。

卒業証書をもつ刺身

勝谷　マグロ以外の養殖魚も美味しくて、こんなにルーツがわかってる食い物ってないですよ。環境も餌も全部わかってるんですから。昔は養殖物ってまずかったり臭かったりしたのが、今や美味しくて、もうブランドですよね。

熊井　そうですね。美味しいか、健康に育つかというのは餌からなんで、餌の研究って非常に重要なんです。最近、また成魚用の大きい餌が開発されて、実験中です。

勝谷　嫌な話、餌が商売になるでしょう。つまりよそでそれを食わせれば近大マグロに近いものができる。こないだ寿司屋で、「お客さん近大マグロありますよ」って言われました。

熊井　そうですか。

榎木　お寿司屋さんがそう言ってくるぐらい、近大マグロがもうブランドになってるんだ。

勝谷　出荷するときは同じ値段でも、販売する店が希少価値を上乗せする。これはやめて欲しい。近大マグロだから高いんですよじゃなくて、近大マグロの出荷はこの値段でしてるから、中々入らなくても、この値段で出してくださいよと。学校がやってるんだから、今日はたまたま入りました、値段はいつもと同じって。近大マグロの誇りとしてやっていただけたらと思います。

榎木　近大マグロの養殖の過程をご説明いただければ。

熊井　最初は卵で、直径1ミリですね。時間が経って8細胞ぐらいになってます。このあと32時間ぐらいしたら孵化するんです。

勝谷　このときはものすごい数があるわけでしょう。これが全部大きくなったら大儲けよ。億万長者。

榎木　順調に育てばそうですよね。でも、そうはいかないんですよね。

熊井　孵化したときの体長は3ミリですからね。普通に見たら見えないくらい。生まれて一週間から10日ぐらいの間に、90%ぐらい死んじゃうんです。

勝谷　自然界でもそれぐらいの数が死んじゃうんですよね。

熊井　自然界だとそれ以上死んでると思いますね。22日でもまだ陸上の水槽の中で、生け簀には出せません。

林　すごい食欲なんですよ。

榎木　この小ささでも？

林　動くものには全部飛びついていきます。

熊井　だから共食いが非常に激しいんです。鯛なんかも共食いをするんですけど、マグロは特にひどいですね。

勝谷　そうじゃないとあんな日数であんな大きいボディにならない。

熊井　そうですね。大きく育ったら卒業証書です。

榎木　卒業証書？

勝谷　まだ店に行ったことないんだ。

榎木　はい。

勝谷　食べるときに卒業証書が出てくるんだよ。ちょっと切ない。卒業と同時に食べられる。

榎木　いろんな思いがまじりますね。

林　右下にQRコードがついてまして、携帯をかざすと串本で育てられたとか奄美大島で育てられたとか。いつ出荷したとか、トレーサビリティで追跡できるんです。

熊井　あれで、安心安全だとよくわかるって言われますね。

榎木　育てる側としては、ここまで頑張って育てて、最後食べられるって切なくないですか？

熊井　そのために作ってるんですから。

榎木　そうか。

熊井　だから魚君たちも喜んでると思いますよ。

勝谷　君のご両親もあなた育てて最後食べられるって。

榎木　私は人間です。人間ですけど……。

勝谷　ちょっとエロいトークで締めさせていただきました（笑）。

榎木　次に目指すところは何ですか？

熊井　量産していくことですね。

勝谷　今みたいに魚がショートしちゃうと悔しいですね。常に安定供給できるようにプロデュースしてください。世界中でマグロ漁はあるんだから、それを全部日本から輸出したら、マグロで黒字になる可能性だってあるわけだ。これからは養殖漁業で日本からマグロが出て行く。タンカーは中東から油積んで来て、日本からはマグロ積んで出ていくくらいでやればいいと思いますよ。本当に今日は日本の将来のためにも良い話をありがとうございました。

榎木　ありがとうございました。

お悩み相談

榎木 40代女性からのお悩みです。娘が声優の専門学校に行きたいと言っています。声優で生活なんて心配ですし、とりあえず大学さえ出てくれれば選択肢がたくさんあると思うのです。しかし娘は絶対に声優になる、専門学校に行くと言って聞きません。娘の希望通り行かせるべきでしょうか？

勝谷 なんでマグロの専門家に声優をぶつけるんだ？　おかしいだろ。

榎木 実際悩んでいらっしゃるので。

勝谷 じゃあ、人生いろいろと選択肢を選んで来られた林さんに聞いてみましょう。

林 それはもう、行かせてあげるべきでしょう。親の考えで無理やり反対しても、結局は子どもの行きたいようにしか進まないですからね。

熊井 今はやっぱり本人の希望を叶えてさせてやるというのが大事でしょうね。

勝谷 近大に行ったらいいんじゃないですか？

熊井 近大にもそういう科目がありますよ。

勝谷 まぁ、一回やって失敗したらええんちゃうの？　ただ金がかかるのは親御さんがかわいそうだな。自分の金で行くんだったらいいと思うけどね、まああんまり将来性無いと思うよ。

榎木　やっぱり一つに絞るべきか、選択肢が多い方に行くかで迷いますよね。

勝谷　人間の夢なんて銀河系ぐらい望んで、四畳半ぐらいしか叶わない。その覚悟ができるんならいいと思うけど。マグロだって、何百万匹亡くなってるマグロがあって、その中の1匹や2匹が成功して、今日があるんですよ。林さんなんてものすごい原稿を書いてこれが当たってるんですよ。

林　当たりかけてるぐらいですかね。

勝谷　いやいや、たいしたもんだ。

榎木　そうですよね。林さんだって銭湯の道を諦めてないわけですもんね。

林　もちろんです。

勝谷　お前今、微妙に失礼なこと言ったよな。

林　ぼくも諦めてません。

勝谷　近大も当たったから良かったけど、当たってなかったらそれでお終いだったね。そんなもんだよ。努力なくして偶然はなし。大変な数の人がマグロの稚魚からずっと失敗しながら努力して今があるわけですよ。

熊井　そういう風に言ってもらえたら皆喜ぶと思います。

勝谷　とにかく声優でもなんでもやってみなはれ。

林　失敗しないと次の道も見えてこないと思います。

書籍リスト

ページ	タイトル	著者名	出版社	税抜価格
35	ああ、堂々の自衛隊	宮嶋茂樹	双葉社	580円（文庫）
38	不肖・宮嶋 誰が為にワシは撮る	宮嶋茂樹	大和書房	1800円
42	彼岸まで。	勝谷誠彦	光文社	1600円
52	博士の本棚	小川洋子	新潮社	520円（文庫）
56	小公女	フランシス・ホジソン・バーネット	新潮社	590円（文庫）
56	赤毛のアン	ルーシー・モード・モンゴメリ	新潮社	670円（文庫）
56	アンネの日記	アンネ・フランク	文藝春秋	870円（文庫）
57	家庭の医学	総監修：聖路加国際病院院長 福井次矢	保健同人社	5348円
59	注文の多い注文書	小川洋子	筑摩書房	1600円
67	ディアスポラ	勝谷誠彦	文藝春秋	540円（文庫）
71	文學界		文藝春秋	898円
112	マキノの庭のミツバチの国	尼川タイサク	西日本出版社	1500円
144	刑務所わず。	堀江貴文	文藝春秋	1200円
145	ゼロ	堀江貴文	ダイヤモンド社	1400円
145	夢をかなえるゾウ	水野敬也	飛鳥新社	648円（文庫）
145	人生はワンチャンス！ ―「仕事」も「遊び」も楽しくなる65の方法	水野敬也・長沼直樹	文響社	1400円
145	人生はニャンとかなる！ ―明日に幸福をまねく68の方法	水野敬也・長沼直樹	文響社	1400円
147	佐賀のがばいばあちゃん	島田洋七	徳間書店	514円（文庫）
148	永遠の0	百田尚樹	太田出版	1600円
148	獄窓記	山本譲司	新潮社	790円（文庫）

本書は、サンテレビ「カツヤマサヒコSHOW」(2014年1月18日～3月8日放送分) をまとめたものです。「カツヤマサヒコSHOW」は、毎週土曜夜11時半よりサンテレビで放送しています。

勝谷誠彦（Masahiko Katsuya）
コラムニスト。写真家。1960年兵庫県生まれ。「ＳＰＡ！」の巻頭コラムをはじめ、雑誌に多数連載を持ち、ＴＶ番組にも出演。2013年10月よりサンテレビ「カツヤマサヒコSHOW」でメイン司会を務める。対談「怒れるおっさん会議inひみつ基地」（西日本出版社）、「日本人の『正義』の話をしよう」（アスコム）のほか、「ディアスポラ」（文藝春秋）「平壌で朝食を。」（光文社）などの小説、評論「バカが隣りに住んでいる」（扶桑社）など、著書多数。365日毎朝10時までに400字詰め原稿用紙で12枚以上を送る有料配信メール「勝谷誠彦の××な日々。」は多くの熱狂的読者を持つ。http://katsuyamasahiko.jp/

カツヤマサヒコSHOW **酔談3**

2015年3月23日初版第一刷発行

著者――勝谷誠彦＆サンテレビ

発行者――内山正之

発行所――株式会社西日本出版社　http://www.jimotonohon.com/
〒564-0044　大阪府吹田市南金田1-8-25-402
［営業・受注センター］
〒564-0044　大阪府吹田市南金田1-11-11-202
TEL:06-6338-3078　FAX:06-6310-7057
郵便振替口座番号　00980-4-181121

編集――株式会社ウエストプラン
松田きこ、山本宴子

デザイン――猪川雅仁（TAKI design）

制作アシスタント――真名子陽子、木藤悠吾

印刷・製本――株式会社シナノパブリッシングプレス

ISBN978-4-901908-95-5 c0095